CAFÉ VIVRE

Fiction & Cie

Chantal Thomas

CAFÉ VIVRE

Chroniques en passant

Éditions du Seuil
57, rue Gaston-Tessier, Paris XIXe

COLLECTION
« Fiction & Cie »
fondée par Denis Roche
dirigée par Bernard Comment

ISBN 978-2-02-145174-0

www.seuil.com
www.fictionetcie.com

Mes vifs remerciements à Yves Harté
qui m'a ouvert les pages de Sud Ouest,

à Olivier Mony, artisan de cette rencontre
et complice de mes retours dans la lumière d'Arcachon,

à Christophe Lucet, pour ses attentives
et amicales relectures.

Le temps passe en thés brûlants, en propos rares, en cigarettes, puis l'aube se lève, s'étend, les cailles et les perdrix s'en mêlent [...] Finalement, ce qui constitue l'ossature de l'existence, ce n'est ni la famille, ni la carrière, ni ce que d'autres diront ou penseront de vous, mais quelques instants de cette nature, soulevés par une lévitation plus sereine encore que celle de l'amour, et que la vie nous distribue avec une parcimonie à la mesure de notre faible cœur.

Nicolas Bouvier, *L'Usage du monde*

Préface

Pendant quatre ans, de 2014 à 2018, au rythme d'une chronique par mois (à l'exception des deux mois d'été juillet et août), j'ai écrit pour le journal *Sud Ouest* les textes ici réunis. Le dictionnaire Littré nous donne du mot « chronique » les définitions suivantes : « 1. Annales selon l'ordre des temps, par opposition à histoire où les faits sont étudiés dans leurs causes et leurs suites. 2. Ce qui se débite de petites nouvelles courantes. » Quand, au hasard de mes pérégrinations d'un pays à l'autre, d'une ville à l'autre, ou à l'intérieur d'un même lieu, je m'installais dans un café pour noter des éléments de ma prochaine chronique ou l'écrire d'une traite dans l'urgence de la *deadline*, je n'avais pas le sentiment que celle-ci entrait dans la catégorie « Annales selon l'ordre des temps ». D'ailleurs, elle ne s'opposait pas à l'histoire. Elle pouvait la croiser, mais hors toute hiérarchie de savoir et d'interprétation, loin d'une volonté d'élucidation. Seulement, selon la trame fluide d'un film pour soi. Le plus souvent flottants par rapport à un ancrage temporel précis, ces textes sont également détachés d'une actualité brûlante, des événements à la une des journaux, qui plus tard, selon une sélection largement imprévisible, seront considérés comme décisifs, ou bien, à l'inverse, annulés.

Ce qui, au fil des mois, a piqué mon attention et suscité mon envie d'écrire relève d'un intérêt purement subjectif. Les êtres, les rencontres, les lectures, les images et incidents qui m'inspirent et me donnent à rêver n'entrent pas dans un cadre préétabli. Ils participent de moments fugitifs, voués à l'effacement. Ce sont les mêmes principes, les mêmes affinités qui, lorsque je travaille à un roman « historique », me font préférer les personnages marginaux aux acteurs de premier plan. Sauver de la nuit deux enfants mariés par calcul politique, à l'époque de la Régence (*L'Échange des princesses*), une jeune fille reléguée pour les plaisirs du roi Louis XV dans la maison close du Parc-aux-Cerfs jouxtant le château de Versailles (*Le Testament d'Olympe*), ou encore, à la veille de la Révolution, les émotions d'une lectrice aveuglée d'innocence et éperdue d'amour pour Marie-Antoinette (*Les Adieux à la Reine*)… Ces fantômes du passé, rois-enfants, courtisane aux abois, simple lectrice-adjointe, n'étaient pas faits pour surmonter les siècles. Par leur état même ou parce qu'ils figuraient dans des épisodes peu glorieux, ils étaient davantage du côté des traces sur le sable que du côté des inscriptions dans le marbre. Mon désir de les faire à nouveau exister, de leur vouloir la chance d'une forme de survie, même éphémère et tissée d'imaginaire, se retrouve, analogue, dans mon refus, ici, de privilégier les faits et personnages jugés objectivement importants sur la scène contemporaine. Cependant – attentats terroristes contre *Charlie Hebdo*, au Bataclan, élections présidentielles, de Donald Trump, d'Emmanuel Macron, durcissement des lois d'immigration, etc. –, ils sont là, à l'horizon du quotidien, tantôt loin, tantôt proches. Ils participent de sa tonalité, et parfois changent notre regard, bouleversent la carte de notre monde et son relief.

Des chauffeurs de taxi, des voyageurs du métro, un garçon qui demande son chemin, des héros et héroïnes de faits divers, des amoureux qui enferment leur cœur au cadenas, un poète acharné à noter, à l'insu de ses supérieurs, ses mots du jour traversent ces pages. Ils fréquentent, avec le naturel et la liberté qui président à nos rêves éveillés, Casanova, Roland Barthes, Patti Smith, Catherine de Russie, Corto Maltese, ou la princesse Palatine. Sans oublier quelques figures chères de mon enfance, ma mère nageuse, mon grand-père bien-aimé… De même se juxtaposent des lieux constitutifs de moi-même (Arcachon, Nice, Paris ou New York) et d'autres (tels Montréal, Kyoto, Taipei…) pris dans l'élan de la découverte avec les nouveaux tracés et les nouvelles amitiés qu'il appelle.

On peut lire *Café Vivre* comme un journal de voyage, si l'on croit que chaque matin contient une occasion de départ et une chance d'aventure, émotive, intellectuelle – la recherche d'une certaine qualité de vibrations. Si l'on pense que, à la différence de ce qu'affirment les partisans du roman sociétal et de la sociologie comme meilleure grille de lecture, un individu n'est pas un chiffre dans un tableau de statistiques. Il ne se réduit pas à un ensemble d'informations objectives et de données politiques. Certes, il doit y répondre, s'y adapter, a peut-être les moyens d'essayer de les contrecarrer, ou jouit du luxe de s'aménager des échappatoires, mais elles ne constituent pas le dernier mot de sa vérité. À propos des années durant lesquelles elle écrivait *Mémoires d'Hadrien*, Marguerite Yourcenar, songeant à la fois à la Villa Adriana, en Italie, et à la façon dont elle-même était nuit et jour obsédée par l'idée de son roman, note : « Lieux où l'on a choisi de vivre, résidences invisibles qu'on s'est construites à l'écart du temps. » Chacun porte en soi quelque « résidence invisible » ou « chambre à soi », pas nécessairement atelier de création, mais domaine secret, souvent insoupçonnable de l'extérieur.

Dans *Cafés de la mémoire* j'ai écrit mes errances de jeunesse, ma quête d'expériences et de philosophie à travers les longues heures (en apparence) perdues à causer, boire, rêvasser dans des bars étudiants et des bistrots bohèmes. *Café Vivre*, dénué de toute vision rétrospective, répète au présent l'instant où l'on fait une pause, où l'on s'assoit sous un arbre, à une terrasse, où l'on s'arrête à un carrefour, sur une plage, au milieu du chemin, pour, simplement, regarder autour de soi.

Désinvoltes quant à l'ordre des temps, ces textes ne le sont pas quant à celui des saisons. D'après mon calendrier intime, le fil des mois ne suit pas la chronologie d'un agenda mais la ronde des saisons (j'ai une tendresse particulière pour la manière dont Pierre Bonnard, merveilleux peintre d'une nature surabondante, gorgée de couleurs, utilisait l'essentiel de ses agendas pour des croquis au crayon et des notations atmosphériques comme « beau nuageux », « beau orageux », « pluie », « beau mistral », « brumeux »). Et c'est le cycle du renouveau, « la fête du vert » comme on disait au Moyen Âge, qui marque son rythme. Un rythme libre et désordonné, puisque aujourd'hui, avec la rapidité des voyages en avion, il suffit de quelques heures pour sauter d'une France hivernale à une Argentine en plein été, ou d'un premier bain dans la baie des Anges à une giboulée de neige à Montréal. Peu importe ces bizarreries. Les sensations sont encore plus aiguës, l'exaltation sensuelle, poétique, de l'arrivée en est renforcée, et l'on pratique les menus rites d'installation avec d'autant plus de ferveur. Les « Annales selon l'ordre des saisons » sont très attentives aux détails.

La romancière et poétesse japonaise Sei Shônagon, dame d'honneur à la cour impériale au début du XIe siècle, donne dans *Notes de chevet*, à côté de « Choses dont on néglige souvent la fin », « Choses qui égayent le cœur », « Fleurs des arbres », « Pics », « Bacs », « Oiseaux », « Insectes », « Choses que l'on ne peut comparer », « Choses détestables », « Choses qui font battre le cœur », « Fleurs des herbes », « Cascades », « Choses qui font naître un doux souvenir », et bien d'autres, une liste de « Choses qui ne font que passer » :

> Un bateau dont la voile est hissée.
> L'âge des gens.
> Le printemps, l'été, l'automne et l'hiver.

C'est parce qu'elles ne font que passer qu'elles sont tellement « Choses précieuses ». Et qu'il importe d'en rendre compte, de trouver un moyen, aussi ténu et fragile soit-il, de les fixer dans le souffle de leur passage – dans sa déchirante beauté.

2014

Café Vivre

Je reviens du Japon. Plus précisément d'un voyage qui m'a fait revoir Kyoto et Osaka, et découvrir, plus au nord, les sources thermales de Yamanaka Onsen, la grande et belle cité de Kanazawa et la petite ville de pêcheurs de Wajima, balayée par des vents glacés de Sibérie qui, au marché, font voltiger sur leur fil de minces lamelles de poissons séchés. Comme je ne comprends pas le japonais, la moindre démarche est pour moi l'occasion de me perdre, avec le sentiment de m'être égarée dans un labyrinthe dont je ne sortirai jamais. Et même si une voix intérieure me murmure : C'est pour cela que tu voyages – pour le dépaysement, pour l'excitation d'évoluer dans un lieu où tu ne reconnais rien. Rien de rien, en l'occurrence ! Car c'est une chose de lire des panneaux indéchiffrables, c'en est une autre de ne pouvoir même les lire. De les considérer au mieux (si l'on croit pouvoir les ignorer) d'un point de vue esthétique, au pire (si l'on a vraiment besoin de savoir ce qu'ils signifient) comme une énigme infernale. Tout se joue dans ce balancement entre l'insouciance de l'enfant et l'angoisse de l'étranger, le plaisir de l'esthète et l'anxiété de l'illettré.

Il y a deux ans, alors que j'étais dans un couloir de métro d'Osaka et que je ne trouvais pas la direction pour un train de banlieue qui devait me conduire à l'université Kansai où j'étais supposée donner une conférence (en fait, je m'étais trompée de date, ma conférence était prévue pour le lendemain !), je poursuivais en vain des voyageurs pressés, totalement hermétiques à ma question. Enfin, une dame a bien voulu s'arrêter. Elle n'a rien compris elle non plus, mais elle m'a gratifiée d'un sourire, d'un salut et, avant de reprendre son chemin, d'un minuscule fer à cheval en tissu brodé, un délicat porte-bonheur, qui s'est niché au fond de ma poche et ne m'a plus quittée (je m'en sers maintenant pour coincer la porte de mon congélateur). Désormais, je pouvais me perdre de gaieté de cœur et continuer de scruter pour le seul intérêt de leurs traits des idéogrammes tous également opaques.

Mais de retour à Kyoto, où je séjournais, et en flânant plus à loisir, des mots écrits en français – surtout des noms de cafés et de magasins de luxe – ont commencé de me sauter aux yeux. Des mots comme *Apaiser*, *Pure Pure*, *Paris*, ou *Purée de Fleurs* pour des instituts de beauté, *Boulangerie Copeaux*, *Avancer*, *Plaisirs Sucrés* pour des boulangeries et pâtisseries, mais c'est pour désigner des cafés et des bars que ces petits fragments de ma langue natale se sont multipliés. Je rêvais sur le *Bar S*, *Le Petit Mec*, le *Café Elle*, le *Café Comme Ça*, *Voir Clair*, le *Café Cattleya*, le *Bistrot La Minette*, le *Tea Room Bon Cup*, ou le *Bon Bon Café*, au bord de la rivière Kamo, qui est finalement devenu mon favori. Je m'y trouvais bien bien de rester avec ma *cup* devant la large baie vitrée à contempler les hérons figés à contre-courant, les noirs corbeaux, divers musiciens en train de répéter un morceau, ou les gens qui traversaient la rivière en sautant d'une tortue de pierre à l'autre. Je flottais bien bien, dans une douce euphorie. À côté de moi, on parlait et riait. Les sons des conversations se mêlaient aux cris d'oiseaux et aux accords de la flûte au-dehors. Je les écoutais comme une musique. Et je pensais à cette remarque de Nicolas Bouvier dans *Le Vide et le Plein. Carnets du Japon (1964-1970)* : « Les Français, outre qu'ils "mangent mal" une fois passée la première frontière, sont en général trop pressés de faire de la littérature ou de l'esprit. Ils sont trop pressés de comprendre et cette rapidité leur nuit. Au lieu de regarder passer et repasser les idées, ils les attrapent au vol et leur tordent le cou. »

J'étais une habituée du *Bon Bon Café* jusqu'à ce que je découvre le *Café Vivre* et que prenne sens avec lui, avec la force active du verbe vivre, la raison de ma fascination pour ces vocables français au charme troublant. L'effet de dépaysement et d'étrangeté touchait aussi ma langue maternelle, mon identité coutumière, mes rythmes les plus habituels, et le fait de vivre devenait ou redevenait une aventure neuve – un premier pas.

La maison au pied de la dune

Mes grands-parents maternels ont vécu cette révolution dans le régime de leur existence : la loi de 1936 sur les congés payés. Et comme mon grand-père était dessinateur dans des bureaux de la SNCF (il était « cheminot », un terme qui, petite, m'évoquait un roman de la comtesse de Ségur, *Diloy le chemineau*, ce qui me laissait songeuse), ils ont pu choisir de belles destinations. D'abord, le lac de Côme, où ma grand-mère eut la révélation des lauriers-roses ; puis, l'été suivant, Arcachon, qui décida d'un changement de leur destinée et, bien des années plus tard, de la mienne.

Ils avaient choisi Arcachon à cause de son air à la fois iodé et saturé d'émanations balsamiques et résineuses, et de ses effets spécifiques sur les poumons, car mon grand-père souffrait, à la suite de la guerre de 1914-1918, de problèmes pulmonaires. Ils avaient donc quitté Versailles avec l'idée de profiter au maximum de ce temps béni de quinze jours au bord de la mer, quinze jours à être payé pour ne rien faire, à découvrir l'art du *farniente*, un talent pas si évident en dépit de ses allures d'extrême facilité. Ma grand-mère s'interrogeait sur la flore du Bassin, mon grand-père se promettait de beaucoup se promener et, ainsi, de se porter mieux par la seule grâce de respirer. Guérir comme on respire : un programme de rêve. Et c'est bien l'impression d'un rêve que leur a faite ce premier séjour. Ils avaient loué une maison à deux pas de la place des Palmiers, aujourd'hui place Fleming, à l'orée de la forêt, au pied d'une dune. Le type d'emplacement menacé d'ensablement et où, par grande chaleur, on étouffe. Tout les a enchantés : la maison même, basse, dominée par les pins et entourée d'hortensias bleus, les trajets à bicyclette jusqu'aux plages du Moulleau ou des Abatilles, les parfums mêlés de grand large, de varech et d'aiguilles de pin, l'exploration de ces joyaux d'architecture que sont tant de villas de la Ville d'Hiver – des joyaux d'architecture et des esquisses de romans, où les références à la Suisse, à l'Orient, à l'Opéra, etc., se combinent allègrement. Quant aux bains, ni l'un ni l'autre ne sachant nager, ils en jouissaient par procuration en regardant Jackie, leur fille aux dispositions sportives et au tempérament aquatique, se métamorphoser sous leurs yeux en sirène.

Ils n'eurent qu'un désir : revenir. Ce qu'ils ont répété chaque été jusqu'au moment de la retraite. Alors, ils se sont véritablement installés à Arcachon et ont pu enfin en savourer toutes les saisons, selon leurs nuances et coups de bourrasque. Ils ont pu aussi connaître, cela qui devait me fasciner, les alternances de foules estivales et de plages désertes, de bruit et de silence, et les tempêtes d'automne. Ils ont donc fait construire, sur les plans dessinés par mon grand-père, une maison du même style que celle qu'ils louaient. Elle était située non loin du casino Mauresque, en bordure de la Ville d'Hiver. Elle fut la maison de mon enfance, la maison où j'aimais revenir de l'école en courant, la maison aux multiples cachettes et recoins, la maison qui vous protège sans vous enfermer, la maison où s'inventent les histoires et où circule un air de joie, *la maison*, tout simplement.

Lorsqu'elle fut vendue, après la mort de mon grand-père, j'ai évité les rues qui y menaient et j'ai chassé de ma pensée le quartier où elle s'inscrivait, et quand, en âge d'être étudiante, j'ai quitté Arcachon, j'ai refusé la nostalgie et choisi de découvrir le monde, sans me retourner sur les maisons vides. Mais un jour, après des saisons et des années, je suis revenue. Mes pas d'eux-mêmes m'ont ramenée devant « la maison » : elle était exactement la même, extraordinairement inchangée, jusqu'à la couleur brune des volets et au dessin du jardin. La haie le masquait mieux, et l'arbre fruitier, le pêcher aux fruits veloutés, avait grandi bien sûr. Comme moi.

Un écriteau indiquait qu'elle se louait à la semaine ou au mois. J'ai noté le numéro de téléphone dans mon carnet bleu. À la différence de tant d'héritages qui ont leur poids de malheur, de cette maison j'ai hérité l'essentiel : son esprit de vacances.

L'émotion du vert tendre

Il existait, paraît-il, ce rite au Moyen Âge : pendant le mois de mai on devait avoir avec soi un rameau vert, une petite branche de feuillage, cueillie de frais chaque matin. C'était un rite et un jeu, car la personne rencontrée sans son feuillage à la main était aspergée d'une cruche d'eau et s'entendait crier : « Je te prends sans ton *verd* [vert] ! » Selon d'autres versions, sortir « sans son *verd* » était sanctionné d'un gage, quelques sous qui, additionnés, allaient permettre de festiner. Et gageons qu'alors personne n'était pris sans son *verd* ni son verre à la main ! Cette coutume ancienne dont La Fontaine, au XVIIe siècle, a tiré une comédie, *La Fête du vert*, est jolie, je trouve. Par la façon dont elle appelle, dès le réveil, à porter attention à l'événement de l'arrivée du printemps, aux subtils changements par lesquels il se manifeste au début, à un moment où, sur les arbres, les feuilles encore minuscules, à peine écloses du bourgeon, ont des allures de fleurs et présentent une richesse étonnante dans les nuances de vert. Et aussi parce que la « fête du vert » relève d'une époque rurale, entièrement rythmée par les saisons – une époque pour laquelle l'avènement du printemps avait une valeur vitale. Les gens l'attendaient avec ferveur pendant les mois d'hiver, durs à traverser. Surmonter le froid, la faim, les ours ou les loups, n'allait pas de soi. Et c'est, j'imagine, avec des yeux d'autant plus éblouis, avec une joie d'autant plus sauvage que l'on constatait la renaissance de la nature et, dans le même mouvement, la chance de sa propre survie. J'aime particulièrement les tableaux de paysages hollandais, leurs cycles des saisons, qui, nous donnant à voir les métamorphoses du monde, nous racontent en même temps des histoires de patience et d'endurance, de transmission d'expériences et de désir de vivre.

Moi-même si je cherche à me rappeler ma première révélation du printemps, c'est une émotion liée à la couleur verte qui surgit, une couleur qui, à Arcachon, est du côté de la forêt et du vert inaltérable et assez sombre des pins. Une couleur qui ne me plaisait pas, ou alors seulement lorsqu'elle se mêlait au bleu de la mer, jouait avec le turquoise. Mais un jour, j'ai été saisie de stupeur et d'admiration devant l'incarnation même de l'expression « vert tendre ». C'était devant les feuilles nouvelles d'une haie de fusains bordant le jardin de la maison de mes parents, rue Nathaniel-Johnston, à Arcachon. Des fusains ! Je sais, cela n'a rien de grandiose, ni d'exotique, mais on ne choisit pas (plus tard, durant l'été 1969, au Népal, j'ai ressenti une aussi forte émotion de « vert tendre » à la vue des étendues de rizières le long des petites routes où j'allais à bicyclette dans la campagne proche de Katmandou). Elles me sont apparues d'une brillance et d'une délicatesse extraordinaires, comme dotées de l'éclat de l'émail. Je ne pouvais pas les quitter des yeux. Et volontiers je serais allée à l'école avec un bouquet de feuilles de fusain à la main. En réalité, j'y allais plutôt avec un bouquet de roses blanches cueillies pour le mois de Marie dans un grand terrain à l'abandon devant chez moi. Une zone à la fois sauvage et fleurie. La fête du vert ouvre sur la fête des fleurs. Colette, géniale romancière de la vie des fleurs, au moins à l'égal de Chateaubriand et de Proust, écrit dans *Flore et Pomone* : « Tous nous tressaillons lorsqu'une rose, en se défaisant dans une chambre tiède, abandonne un de ses pétales en conque, l'envoie voguer, reflété, sur un marbre lisse. Le son de sa chute, très bas, distinct, est comme une syllabe du silence et suffit à émouvoir un poète. La pivoine se défleurit d'un coup, délie au pied du vase une roue de pétales. Mais je n'ai pas de goût pour les spectacles et les symboles d'une gracieuse mort. [...] Qu'est la majesté de ce qui finit, auprès des départs titubants, des désordres de l'aurore ? »

Oui, saluer le printemps, c'est célébrer une force de commencement, un air de fraîcheur et de santé, c'est s'accorder de tout son être, et dans l'absolu – l'hiver n'étant plus pour la plupart d'entre nous l'âpre combat qu'il signifiait dans le passé –, à une explosion de vitalité, à un débordement de beauté. Et cela, que l'on s'extasie à la vue d'une simple feuille dont la verdeur nous sidère ou, infiniment plus spectaculaire, de la floraison des cerisiers et pommiers magiquement revêtus, selon les mots de Marcel Proust, du « plus merveilleux satin rose ».

Crabes des neiges

Je tire les rideaux de ma chambre, Hôtel 10, ouvre la fenêtre : le ciel est noir, prometteur de sérieuses averses. De l'autre côté de la rue sur un mur haut et étroit est peinte une figure : un diable à cheval sur un croissant de lune, emporté avec elle (ou l'emportant) dans une course folle à travers les étoiles. Un diable dynamique, rieur. Il est mon dernier vis-à-vis tard le soir quand je m'endors la tête pleine des discours, lectures, conversations, interviews (« entrevues », comme on dit au Québec, dans le souci d'éviter l'anglais) entendus dans la journée, car je suis venue à Montréal pour un festival de littérature. Et ce type de manifestation est l'occasion d'une fièvre de paroles. C'est intéressant, parfois même passionnant, à condition de veiller à s'aménager quelques apartés pour soi, quelques sorties hors de l'enceinte où ça n'arrête pas de causer.

Le temps de refermer la fenêtre, la pluie est arrivée, par trombes. Les gens, en anorak, se hâtent vers leur lieu de travail. Nous sommes début mai, presque aucun signe de printemps, sinon quelques bourgeons à peine visibles. C'est l'hiver depuis sept mois. On m'en parle avec un mélange de déploration et de complicité. Je pense au chanteur québécois, Gilles Vigneault, à sa chanson « Mon pays », « Mon pays, ce n'est pas un pays, c'est l'hiver… », à sa voix, à sa beauté, à l'enthousiasme qu'il est capable de susciter pour cette saison ici tellement rude, inhumaine, interminable – pour ce pays.

Dans la rue Saint-Laurent, où je sors pour prendre un café, la seule touche verte est celle de la veste vert pomme fluorescent du distributeur du journal *Métro*. Au coin des rues, des photographies anciennes (du début des années 1900) montrent les mêmes lieux sous des hauteurs de neige, avec des petits individus emmitouflés, cheminant entre ces parois de froid. Des lignes du célèbre poème d'Émile Nelligan « Soir d'hiver » accompagnent ces images : « Ah ! Comme la neige a neigé ! Ma vitre est un jardin de givre. Ah ! Comme la neige a neigé ! » L'averse redouble. Le distributeur de journaux brillant de sa veste verte est entré se réchauffer dans le café Le Dépôt, où je me suis installée avec mon café et un muffin aux fruits des champs. J'ai choisi Le Dépôt après avoir hésité entre Vol de nuit, Café Bifteck (juste à côté de La Main, dépanneur, qui offre, comme tous les dépanneurs [épiceries] : « Tabagie, Bière et Vin »), à ne pas confondre avec La Maison du Bifthèque un peu plus loin. L'homme a pris un *latte* à l'érable et s'est assis à côté d'un couple d'adolescents amoureux. Elle est blonde, ébouriffée et couverte d'un gros manteau qui laisse dépasser une jupe transparente en dentelle ; lui est habillé d'une veste de dandy à carreaux, d'un pantalon trop court et d'un chapeau de paille. La veste n'est pas à sa taille. Il l'a sans doute achetée dans une des nombreuses friperies de la ville (Kilos Fripes, Cul-de-Sac, ou Frip Sainte-Famille…). Lorsque la jeune fille enlève son manteau elle apparaît d'une pâleur incroyable, seulement habillée de cette jupe en dentelle et d'un haut tout aussi transparent. Elle est prête pour les beaux jours.

La pluie continue de pleuvoir et je me demande pourquoi je suis si contente d'être ici. Pourquoi, à chacune de mes visites, ce m'est une joie de me retrouver à Montréal. Certainement pas pour une quelconque harmonie architecturale, inexistante. Mais c'est une ville où l'on a le sentiment heureux d'avoir de l'espace, où, entre les immeubles, subsistent des terrains vagues, des allées de terre avec des bouts de jardin. Et avoir de l'espace agrandit le temps, procure du calme. Je quitte le café, je remercie. « Ça me fait plaisir », répond le serveur selon la formule d'usage.

Ce soir, j'irai me délecter chez mon ami Pascal A. d'un festin de crabes des neiges venus de Gaspésie. Les crabiers les pêchent dès que commence le dégel du Saint-Laurent. Les crabes émergent tout juste des glaces. Ils sont ma découverte gastronomique de Montréal – une vraie manie, en vérité ! La veille, j'en ai dégusté sous forme de risotto ; le soir d'avant, en salade… Je fantasme déjà, empilées par « sections », les longues pinces qui se brisent d'un coup, libèrent la chair d'une blancheur nacrée, d'une délicatesse sans pareille. Un subtil régal ! Et je songe, scrutant le ciel qui devient bleu, que si les crabes des neiges sont attendus si ardemment, c'est non seulement pour l'exquise finesse de leur chair, mais aussi parce qu'en cette contrée de neige, en ce pays d'Hiver, ce sont eux les vrais annonciateurs du printemps.

Les deux pôles de Roland Barthes

À propos d'*Aziyadé*, un roman de Pierre Loti situé à Istanbul, Roland Barthes écrit : « Loti connaît en somme, transposés en termes modernes, les trois moments gradués de tout dépaysement : le voyage, le séjour et la naturalisation. » Lui-même était extrêmement frileux en matière de dépaysement. Le voyage ne l'attirait pas. Découvrir, se perdre ne faisaient pas partie de son idéal d'existence. Il n'avait aucun plaisir à ne faire que passer. Il définit le résident, homme du séjour, moyen terme entre le voyage (état nomade) et la naturalisation (statut d'exilé), comme « un touriste qui *répète* son désir de rester ». Il faut à Roland Barthes, pour qu'un pays commence d'exister à ses yeux et en son cœur, qu'il comprenne un principe de répétition. C'est d'ailleurs le séjour qui, dans les gradations du dépaysement, lui convient le mieux, comme le montrent ses différents passages au Maroc.

Je me souviens de Roland Barthes à New York en novembre 1978. Il était venu invité par Tom Bishop à la New York University. Après avoir prononcé sa conférence sur Marcel Proust, son auteur d'élection (conférence intitulée « Longtemps je me suis couché de bonne heure »), il avait retrouvé quelques amis proches, pour la plupart anciens étudiants de son séminaire de l'École pratique des hautes études. Dans un restaurant de Chinatown, où nous étions allés, tout – les conversations, les références à des personnes, des livres ou des films, le style d'humour, l'affection qui nous liait – était exactement comme si nous n'avions pas quitté Paris. Et s'il avait aimé cette soirée, c'était précisément dans la mesure où elle recréait un espace familier. Elle abolissait la déchirure du départ, le malaise que lui causaient l'éloignement d'avec sa mère, l'obligation d'affronter de nouveaux visages et des langues étrangères.

À Paris même, il quittait le moins possible son quartier situé entre le Luxembourg, Saint-Sulpice et Saint-Germain-des-Prés. Dans son journal, il décrit sous les couleurs d'une expédition épuisante l'obligation de s'aventurer dans les contrées de la rive droite pour aller dîner chez une amie, laquelle logeait alors rue d'Aboukir, dans le deuxième arrondissement. Un exotisme qui, comme tout exotisme, ne lui procurait que de l'ennui – une absence de saveur. En l'occurrence l'ennui vire au cafard : « Le quartier était désert, sale, un vent froid d'orage soufflait très fort et soulevait d'énormes déchets d'emballage [...] Tout cela était comme un coin déshérité de New York à la petite échelle parisienne. » Il serait faux toutefois d'assimiler cette attitude à une forme de snobisme. Elle est révélatrice plutôt de la manière dont Roland Barthes se ménageait des accommodements avec l'angoisse. Elle nous dévoile quelque chose de son système mental et de son type de sensibilité. Chaque jour, ses trajets (ses routines), ses gestes, sont autant de variations sur des lignes fixes, des motifs prédéterminés, des points de rencontre mille fois répétés. Le Paris de ce maître du structuralisme que fut Roland Barthes est fortement, minutieusement, quadrillé. Rien n'y relève du hasard (c'est le contraire même du Paris des Surréalistes, du Paris de Nadja et de la rencontre avec la folie). Cet art de la division spatiale vaut aussi pour le temps. Roland Barthes a le goût d'une planification rigoureuse, compartimentée, de ses journées, et même de ses soirées. Une organisation aussi réfléchie et répétitive de son existence est certainement rassurante et productive pour son travail d'intellectuel et d'écrivain. Elle vaut pour Paris, se dit-on, mais qu'en est-il des vacances ? Qu'en est-il de l'été ?

Car Roland Barthes a deux lieux, il vit selon deux pôles : Paris et le Sud-Ouest, plus exactement le village d'Urt, à côté de Bayonne. De l'un à l'autre quel est le rapport ? On pourrait croire d'abord, lorsqu'on apprend que dans sa maison familiale d'Urt Roland Barthes reproduit la disposition de sa chambre parisienne, que tout son effort va être, comme en voyage, de supprimer la différence. Mais alors pourquoi une telle euphorie à chacun de ses retours : « Le délice de ces matinées à U. : le soleil, la maison, les roses, le silence, la musique, le café, le travail, la quiétude insexuelle, la vacance des agressions… » Ce bonheur ne serait-il qu'allègement du quotidien parisien ? Ou bien cette joie est-elle portée par un élément infiniment plus vaste, insaisissable ? Roland Barthes a répondu à la question dans un texte magnifique sur la lumière du Sud-Ouest « noble et subtile tout à la fois ; jamais grise, jamais basse (même lorsque le soleil ne luit pas), c'est une lumière-espace, définie moins par les couleurs dont elle affecte les choses (comme l'autre Midi) que par la qualité éminemment *habitable* qu'elle donne à la terre ». Cette lumière, cette grande lumière du Sud-Ouest, échappe à tout esprit de division et classification. Elle rend inutiles les rites d'appropriation. Il suffit, pour habiter le monde, de savoir rendre grâce à sa changeante beauté.

Nager, une conquête féminine

Ma mère, si j'en crois ce flamboyant éloge de Paul Morand, était née avec le triomphe du crawl. Dans sa fanatique et exclusive dévotion, elle ne pratiquait que le crawl, en explorait inlassablement les ressources. Elle allait ainsi dans le sens d'une des plus brillantes inventions sportives de sa génération. « Après 1918, écrit le nageur intrépide qu'était Paul Morand, le crawl commença à triompher ; son règne dure encore. [...] La tête rentre dans l'horizontale, dominée par les épaules noueuses, luisantes, bosselées chez les champions de muscles admirables. Contrairement au plongeon, qui est de la nage en plein ciel, le crawl s'identifie à l'eau, rampe sur le toit liquide, tandis que le nageur, aigu comme la mèche d'une vrille, ne laisse guère apparaître que ses talons et que l'angle ouvert de ses coudes. »

Paul Morand s'extasie sur *le nageur*, non sur la nageuse. Il faut dire que celle-ci est un phénomène nouveau dans une histoire de l'humanité qui revient pour les femmes à une histoire de leur immobilisation, de leur identification à des êtres de pudeur et de faiblesse, de pauvres choses plus ou moins maladives qui ne peuvent que rester assises sur le rivage, empaquetées de jupons, de robes et de châles, protégées du vent et du soleil. Et cela lorsqu'il leur est permis de s'approcher du rivage – une approche qui va leur prendre plusieurs siècles et qui, dans certaines cultures, est loin d'avoir abouti. Le rivage, et donc nager, ainsi que le montre *Le Territoire du vide* d'Alain Corbin, fut longtemps perçu comme répulsif, effrayant. Pour les hommes comme pour les femmes, mais pour celles-ci l'interdit fut plus durable.

Au XVIIIe siècle, puisqu'il existe des bains, il existe à coup sûr des hommes qui les fréquentent. Ils sont rares. Pour les femmes, c'est exclu. Des femmes bien nées, bien élevées, ne courent pas, ne marchent pas dans les rues, ne bougent quasiment pas. Il va sans dire qu'elles ne nagent pas ! À propos de sa mère, Charles-Joseph, prince de Ligne (1766-1814), écrit que celle-ci a vécu toute sa vie dans la peur, dans une absolue soumission à l'autorité de son mari, lequel poussait si loin la fierté de sa noblesse et l'attachement au décorum qu'il avait exigé qu'elle accouchât en grand vertugadin, c'est-à-dire en tenue de cérémonie. La princesse était morte, jeune, dans la même tenue. Ces robes de parade ne font qu'un avec des tenues de gisantes… Mais même les robes ordinaires sont davantage faites pour entraver le mouvement que pour le favoriser. Et si l'on tombe à l'eau ainsi affublée, il est sûr que l'on coule. Des robes pour se noyer ! (On connaît, dans le roman de Bernardin de Saint-Pierre, *Paul et Virginie*, la noyade de l'héroïne qui, par pudeur, refuse de se déshabiller avant de sauter du bateau en plein naufrage.)

Le déshabillage public des femmes, la conquête de leurs ressources physiques, leur droit à se modeler le corps qu'elles désirent, l'accès à cette extravagance : nager, mettront encore des années et des années, et même plus d'un siècle, pour advenir. La chose se fait en deux temps : entrer dans l'eau, puis entrer dans l'eau pour nager. Le premier acte est déjà un exploit. Ce dont témoigne le bain de Marie-Caroline de Naples, duchesse de Berry, en août 1824 à Dieppe. La duchesse s'avance dans l'eau habillée d'une robe de lainage et les pieds chaussés de bottes contre les crabes. À l'instant où elle s'immerge, la ville tire le canon.

La duchesse de Berry justifie sa fantaisie de nage au nom de la science. La médecine est convoquée. Se baigner n'est concevable pour une femme que si elle a été diagnostiquée épileptique ou enragée – ou souffrant d'autres maux au moins aussi graves. De toute façon, à cette époque, la femme est la malade par excellence. Elle ne vaut que par sa débilité. Et sur la plage d'Arcachon, là même où je viens de ramasser un coquillage blanc et violet et où, enfant, j'aimais tant regarder ma mère évoluer de son crawl infatigable, avait été érigé au XIXe siècle le premier établissement de bains chauds. Seuls des malades et des curistes avaient accès à ces bains. Si certaines femmes se risquaient dans la mer, c'était sur la prescription d'un médecin. Une fois dans l'eau, elles étaient cantonnées au bord. Des employés des bains tendaient une corde pour qu'elles ne sortent pas de l'enclos.

Que des femmes se baignent, passe encore, mais qu'elles nagent, ça non ! Femme qui nage serait bien capable de prendre le large ! Car nager vous délivre de tout souci, vous donne un corps libre, souple, qui ignore l'âge, la pesanteur, et n'est sensible qu'à des notions de fraîcheur et de douceur – un corps qui s'abandonne au courant…

Richelieu, pour mémoire

Me promenant le long des quais Richelieu à Bordeaux, je me suis demandé ce qu'il restait de ce personnage dans l'esprit du public, ce que ce nom si célèbre à son époque suggérait encore aujourd'hui. Et je me suis rappelé que pour moi, jusqu'assez récemment, toutes les fois où je lisais le nom de Richelieu dans la région, je croyais qu'il s'agissait du cardinal, non du maréchal, dont j'ignorais tout. C'est pourquoi j'ai eu envie de faire connaître celui-ci un peu mieux, de livrer quelques traits de la vie et de la personnalité d'un homme sur le berceau duquel tant de bonnes fées s'étaient penchées.

Louis-François-Armand de Vignerot du Plessis, duc de Fronsac, duc de Richelieu, était le petit-neveu du cardinal. À sa naissance, en 1696, il semble promis, par le seul héritage de ce nom et de cette fortune, à un grand avenir. Et ce fut le cas, sauf que l'éclat qui, tout au long de sa vie, l'entoura ne fut pas celui d'un remarquable homme politique mais plutôt celui d'un fieffé libertin. Et même si le maréchal de Richelieu, ami de Voltaire, a réussi à s'illustrer comme chef militaire et diplomate, ses contemporains ont vu d'abord en lui le courtisan et l'homme de plaisir. C'est par son insolence, son goût de la dépense, des intrigues amoureuses (pour lesquelles il déploie une imagination invraisemblable, allant jusqu'à faire percer des passages d'un immeuble à un autre), qu'il retient l'attention et suscite l'étonnement et, bien souvent, l'exaspération. Car Richelieu est insupportable, mais il sait charmer (« Sa figure n'était que jolie, mais ses grâces et son esprit la rendaient supérieure à tout », note Claude-Carloman de Rulhière, son secrétaire et biographe). Et ceci sur une durée très longue, puisqu'il commence sa carrière sous le règne de Louis XIV et la termine sous celui de Louis XVI.

Il fait très tôt du libre exercice de son charme une question de principe. À l'âge de quinze ans il reçoit l'ordre de se marier et est forcé d'obéir, mais il déclare qu'il fera l'amour à toutes les femmes sauf à cette épouse imposée, Anne-Catherine de Noailles. Son père le fait enfermer à la Bastille et lui envoie la pauvre Anne-Catherine pour qu'il exécute son devoir conjugal. L'adolescent persiste ; et en profite pour jouer gros jeu avec d'autres prisonniers. Autant de dettes portées sur le compte du père, lequel n'a d'autre choix que de le libérer ! Le jeune Richelieu, qui sera plus tard le modèle du « page infernal » dans *Le Mariage de Figaro* de Beaumarchais, reprend ses amusements sous les regards bienveillants d'une Mme de Maintenon attendrie : « Il fait bien tout ce qu'il fait ; il danse très bien, il joue honnêtement ; il est à cheval à merveille, il est poli. Il raille, il est de très bonne conversation. »

Fait-il vraiment *tout* si bien ? Durant ses années de maturité, il apparaît qu'il a tendance à gâcher ce que ses dons et ses avantages lui permettent. Il n'utilise son pouvoir auprès de Louis XV que pour lui procurer des maîtresses. À la guerre, son audace et son sens stratégique sont contrebalancés par son avidité au pillage. On le surnomme « le père Maraude ». Ainsi, l'homme déjà âgé (soixante-deux ans) qui en 1758 aborde Bordeaux en grande pompe comme gouverneur de Guyenne n'a pas la meilleure réputation. Son unique souci est de faire de « sa » capitale une ville brillante, littéralement : il réclame davantage de lampadaires, et architecturalement : le Grand Théâtre, construit par Victor Louis sur le modèle de celui de Paris et fruit de sa volonté, ne réussit pas à lui concilier les faveurs de la population. Mais les critiques, il s'en moque ; les peines, il les refuse (« Il avait pour système que la douleur ne remédiant à rien, c'était folie de s'y livrer », peut-on lire dans sa *Vie privée*). Il a fait le choix radical et réfléchi de la frivolité. Ce dont témoigne sa passionnante collection d'échantillons de tissus de toutes les régions françaises, conservée à la Bibliothèque nationale de France, rue de Richelieu (du nom du cardinal) : sa manière à lui de nous transmettre son sentiment de la beauté et de la fugacité du monde.

Lorsque Marie-Antoinette, reine de vingt ans, croise dans les galeries de Versailles Richelieu, devenu « Intendant des menus plaisirs » et depuis longtemps en contrôle des théâtres parisiens, elle rit de « cette vieille poupée », maquillée, parfumée, haut perchée sur ses talons. Elle est loin de se douter qu'elle a devant les yeux l'incarnation même de tous les abus qui lui seront reprochés et la mèneront un jour d'octobre 1793 à l'échafaud.

Le duc de Richelieu, quant à lui, aura la bonne idée de mourir en 1788.

Hokusai, « le fou de peinture »

Il y a un élan particulier à se réveiller avec le projet d'aller regarder des tableaux. Je l'ai éprouvé ce matin, et d'autant plus qu'il s'agit de Hokusai. C'est un jour de novembre, un jour à mouiller ses chaussures dans des volumes de feuilles mortes. Je salue l'allée Marcel-Proust, cherche des yeux Gilberte, ses cheveux roux, couleur d'automne, et traverse le jardin des Champs-Élysées. Je dépasse un groupe d'écoliers, également sur le point de pénétrer dans le Grand Palais. J'entends la voix du professeur : « Je vous l'ai expliqué : le but n'est pas de rigoler. » Ah bon ? Hokusai, je crois, aurait été le premier choqué. Car l'humour, l'insolence, le défi le caractérisaient.

« Le fou de peinture », ainsi qu'il s'est lui-même nommé, a manifesté tout au long de son existence un sens aigu de l'indépendance et de la singularité, en même temps qu'une intense curiosité qui lui a permis de jouer en virtuose de la tradition chinoise et des apports de l'Occident, en particulier des règles de la perspective. Hokusai, né en 1760 à Edo (Tokyo) dans un milieu modeste, n'a pas fréquenté d'écoles de peinture. Il s'est formé par l'apprentissage en plusieurs ateliers avant de fonder son propre espace et d'affirmer en toute liberté un style à la fois minutieusement réaliste et toujours prêt à l'envol vers le fantastique. Chaque période correspond à la conquête de techniques précises, à la maîtrise de nouvelles formes et – marque chez lui d'une vitalité infatigable et d'une personnalité aventureuse – à un changement de nom (de même, il change sans cesse d'adresse !). À ses débuts, encore adolescent, il signe estampes et dessins du nom de Katsukawa Shunro, nom qu'il change en Sori, lorsqu'il passe dans l'atelier d'un autre maître, pour, en 1798, âgé de trente-huit ans, se lancer dans une carrière indépendante. Il prend alors le nom qui l'a rendu célèbre : Hokusai, « Atelier de l'étoile Polaire ». Loin de s'arrêter à l'étoile Polaire, qui pourtant le fascine, il ajoutera les signatures de Taito, Litsu, et enfin, durant les quinze dernières années de sa vie, « Manji, le Vieil Homme fou de peinture », phase durant laquelle, secondé par sa fille, il s'adonne avec éclat à la peinture, tout en poursuivant son œuvre de dessinateur, d'illustrateur et de créateur d'innombrables estampes. Comme Picasso un siècle plus tard, Hokusai connaîtra dans sa vieillesse une phase d'énergie frénétique et d'extraordinaire sûreté gestuelle. Il écrit dans sa postface à ses *Cent Vues du mont Fuji* : « Dès l'âge de six ans, j'ai commencé à dessiner toutes sortes de choses. [...] C'est à soixante-treize ans que j'ai commencé à comprendre la véritable forme des animaux, des oiseaux, des insectes et des poissons et la nature des plantes et des arbres. Ainsi, à quatre-vingt-six ans, j'aurai encore progressé. [...]

Quand j'aurai cent-dix ans, chaque point, chaque ligne de mes dessins possédera sa vie propre. » Hokusai n'a pas réussi à atteindre cet âge, mais à sa mort, en 1849, à quatre-vingt-neuf ans, il avait depuis longtemps atteint son idéal.

À parcourir et regarder de près l'exposition, je suis fascinée par la richesse de sa production et la fantaisie de son inspiration : portraits d'acteurs et de courtisanes, scènes érotiques, figures de guerriers, de poètes, de démons et d'exorcistes, montreurs de singes, pèlerins, pêcheurs, jardiniers, cuisiniers, paysages de mer (série « Mille images de la mer, ou variations sur le thème de la vague »), de cascades, de montagnes, fleurs et oiseaux, carpes, crabes, crevettes, tortues pensives, tigres splendides… Tout suscite le génie de Hokusai et, contemplant son œuvre, non seulement nous participons de « l'esprit des quatre saisons » et d'un animisme propres à la culture japonaise, mais aussi grâce à son *manga*, « croquis au hasard » (dont l'ensemble comprend quinze volumes !), nous voyageons dans le présent de ses contemporains, saisi pour répondre à un désir encyclopédique de savoir et de transmission, et avec un sens émouvant du détail quotidien, de la touche éphémère.

Les chutes d'Iguazú

Il faisait déjà chaud à Buenos Aires en cette fin décembre mais à l'arrivée à Puerto Iguazú, point de frontière entre l'Argentine et le Brésil tout proche du Paraguay, la température dépasse les trente-trois degrés. Une chaleur humide, une moiteur de serre chaude. Le temps que je sorte de l'aéroport et que j'atteigne un taxi, je suis en sueur. Ce type de climat me convient. Je me sens bien. Je me sens encore mieux lorsque la voiture s'engage dans le parc national à l'intérieur duquel se situent les chutes. Il y a eu de l'orage. Le ciel se partage entre le gris sombre des nuages et le rouge des rayons du soleil couchant. Une heure idéale pour rouler sur cette route étroite et vide découpée à même l'incernable et proliférante matière de la forêt amazonienne, cet entrelacs inextricable d'arbres de toutes tailles, de buissons, de lianes, de fougères, de fleurs rampantes, grimpantes, parvenant à triompher parfois, très haut sur le sommet d'un palmier ou d'un figuier géant. Fouillis d'ombre. Étagements de verts et de nappes de lumière. J'aperçois un panneau : *Risque de croisement d'animaux*. J'interroge le chauffeur, je distingue le mot *tigre* dans la liste des rencontres possibles… Dans ma chambre d'hôtel je suis frappée par cette recommandation : *Ne laissez pas votre fenêtre ouverte en sortant afin d'éviter l'invasion de singes.* C'est la nuit, un bloc de ténèbres tombé soudainement. En m'endormant j'ai de vagues images d'un sabbat d'animaux sauvages, d'oiseaux fantastiques en train de vivre leur vie, de l'autre côté de ma fenêtre *bien fermée.*

À propos de la cascade de Staubbach, à Lauterbrunnen (« le Fleuve de Poussière de Source Limpide »), Jorge Luis Borges écrit : « … de loin j'entendis la grande rumeur de l'eau verticale et pesante qui se précipite de très haut dans un puits de pierre qu'elle continue de creuser et d'approfondir depuis le commencement des temps. » La rencontre avec cette eau verticale, pesante, et sonore est certainement impressionnante en ce lieu de la Suisse (en tout cas, selon les lois de l'exotisme qui nous font toujours préférer l'ailleurs, elle a frappé l'Argentin Borges), mais à Iguazú, où ce spectacle se déroule sur un amphithéâtre naturel d'à peu près trois kilomètres et se distribue en deux cent soixante-quinze cascades, elle est véritablement sidérante. Elle commence par une rumeur, en effet. On est dans un bruit d'eau perpétuel. La proximité avec cette violence, ce jaillissement intarissable (les cascades déversent six millions de litres par seconde), la vision d'un fracas d'écume rebondissant en nuage au-dessus des chutes communiquent la sensation d'une toute-puissance, d'une pure énergie cosmique, l'exaltation de toucher à la naissance du monde. Plusieurs chemins ont été tracés qui mènent, sur différents niveaux, à proximité des chutes. Celui qui conduit à la plus haute des cascades, à la plus profonde, la Gorge du Diable,

Gola del Diavolo, est particulièrement impressionnant. Au fur et à mesure que l'on se rapproche de la Gorge du Diable, on pénètre dans un bain de vapeur d'eau irisée d'arcs-en-ciel, dans un nuage de fines gouttelettes s'élevant d'un bouillonnement sans fond. Sur le pont métallique tendu au-dessus de l'abîme, des enfants, des jeunes gens tournent sur eux-mêmes, bras levés, le visage offert à la vaporisation. Ils crient d'étonnement, d'excitation, et de peur. Je m'éloigne de l'Origine complètement trempée, les cheveux dégoulinants.

Le lendemain, du côté brésilien, j'apprends qu'Iguazú, ou Iguassu, veut dire « grandes eaux ». Je ne peux m'empêcher de penser aux Grandes Eaux du château de Versailles, aux prouesses techniques des ingénieurs, aux dépenses folles de Louis XIV en argent comme en hommes pour parvenir à alimenter son jardin, miroir de sa gloire. Une entreprise si fragile que, dès que Louis XIV et ses invités étaient passés devant une fontaine et avaient tourné le dos à son jaillissement, la consigne était de couper l'eau aussitôt ! Ce volontarisme, ce désir de contrôle, ce souci d'un ordre géométrique, d'une clarté conquise contre la nature, sont caractéristiques du Roi-Soleil mais aussi de l'esprit classique. Il est sûr qu'ici le classicisme en prend un coup, me dis-je, en me laissant glisser dans la piscine du Belmond Hotel das Cataratas, mon verre de caïpirinha posé à côté de deux grandes poupées-Pères Noël en pull-over rouge. C'est le débordement, l'excès, l'absence de mesures et de limites, la dissolution à l'infini, le baroque, qui s'imposent et vous emportent.

Sade irréductible

D'un point de vue littéraire, l'année 2014 a correspondu, entre autres, à la commémoration du bicentenaire de la mort de Sade. Une commémoration qui ne va pas de soi, ce pourquoi j'ai envie d'y apporter une modeste et personnelle contribution. D'abord parce que *L'Histoire de Juliette*, lue, de nuit, dans le dortoir du lycée bordelais où j'étais pensionnaire, a été pour moi une découverte bouleversante, laquelle ne s'est jamais banalisée, même si différents aspects de l'univers sadien se sont révélés progressivement à mes yeux selon des éclairages et des intérêts changeants. Ensuite parce que si certaines commémorations se déroulent selon un tiède rituel de colloques universitaires, rééditions et publications sans susciter ni enthousiasme ni indignation, commémorer Sade ne va pas de soi. On peut se demander quelles valeurs sont célébrées à travers les diverses manifestations qui se sont égrenées au cours de l'année qui s'achève : telle est la question que je me posai, il y a quelques jours, en sortant de l'exposition du musée d'Orsay conçue par Annie Lebrun, « Sade, attaquer le soleil ». Elle montre des œuvres d'un grand éclat dans la cruauté, l'érotisme, la bizarrerie d'inspiration, et je revoyais en esprit des tableaux de Goya (*Cannibales préparant leurs victimes*, ou le célèbre *Préau des fous*), d'Auguste Rodin (*Le Jardin des supplices*), de Félicien Rops au décadentisme plein d'élégance, de Pierre Molinier à la fois joueur et obsédé, de Jean-Jacques Lequeux, contemporain de Sade, qui lie avec art forme classique et motif scandaleux, ou bien encore cette troublante sculpture d'Émile Gallé : *La Main aux algues et coquillages*... Pourtant, parmi ces chefs-d'œuvre puissants, c'est un tout petit tableau de Fragonard qui, au fond, m'a paru le plus juste : *Les Curieuses*. Deux jeunes filles toutes roses, émues, écartent les rideaux d'une alcôve. On ne sait pas ce qu'elles découvrent. C'est à nous d'imaginer. De même avec les textes de Sade, c'est à nous de nous projeter, de fantasmer. Car Sade est du côté de l'irreprésentable. Ce dont le film de Pasolini *Salò ou les 120 journées de Sodome* (1976) avait déjà fait la preuve, a contrario, par la réduction de l'œuvre de Sade à un épisode de l'histoire du fascisme italien. Son écriture excède les images qui voudraient en rendre compte. Elle ne souffre aucune barrière, n'intériorise aucun interdit, ni religieux ni moral. C'est pourquoi l'acharnement à censurer Sade couvre presque la totalité de sa vie adulte. Le marquis lui-même, alors enfermé à l'hospice de Charenton, sa dernière prison, s'est « amusé » à composer l'*Épitaphe de D. A. F. Sade, détenu sous tous les régimes* :

> Sous les rois, ce monstre odieux [le despotisme]
> S'empara de sa vie entière ;

Sous la Terreur il se maintient
Et met Sade au bord de l'abîme ;
Sous le Consulat, il revient :
Sade en est encore la victime.

Enfermé à Vincennes, puis à la Bastille (dont il est retiré le 4 juillet 1789 pour une autre prison à cause de son vacarme et de ses appels à la rébellion), il est libéré au printemps 1790 grâce à l'abolition des lettres de cachet. Puis ce sera à nouveau, avec la Terreur puis l'ère de Napoléon Bonaparte, et cela jusqu'à la fin de sa vie, qui coïncide d'ailleurs avec la chute de l'Empereur, une existence de prisonnier. Son temps de liberté recoupe celui, bref, fragile, très vite remis en question, de la liberté de la presse. Et ce n'est pas un hasard. Sade non seulement ne cède en rien sur ses principes, mais le châtiment, loin de le décourager, le renforce dans ses convictions.

Dans la correspondance avec sa femme, à côté de demandes de pâtés d'anguilles, de fleurs d'oranger, de gâteaux au chocolat, et d'instruments de plaisir, et parmi de virulentes insultes à l'adresse du « lecteur » censé expurger ses lettres (« ce coquin qui gribouille », « ce grenier à coups de bâton » !), on trouve, infatigablement répétée, l'assurance qu'il saura mettre à profit sa réclusion pour son travail d'écrivain, aller plus loin dans l'exploration de ses visions et la liberté de philosopher : « Ma façon de penser, dites-vous, ne peut être approuvée. Et que m'importe ? [...] Ma façon de penser est le fruit de mes réflexions ; elle tient à mon existence, à mon organisation. Je ne suis pas le maître de la changer ; je le serais, que je ne le ferais pas.

Cette façon de penser que vous blâmez fait l'unique consolation de ma vie : elle allège toutes mes peines en prison, elle compose tous mes plaisirs dans le monde et j'y tiens plus qu'à la vie. Ce n'est point ma façon de penser qui a fait mon malheur, c'est celle des autres. »

Sade fut inflexible sur sa façon de penser et d'écrire, un héroïsme qu'il était prêt à pousser aux limites du martyre, tant, pour lui, ses deux personnages de Juliette et de Justine, loin de s'opposer, se répondaient en un seul discours de jouissance.

2015

Enseigner les puissants : les expériences de Descartes et de Voltaire

Alors qu'aujourd'hui se manifeste avec insistance la prise de conscience que, dans une démocratie, la lutte contre le racisme et ses ressources de haine doit se faire dès les rudiments de l'école, m'est revenue à l'esprit, par association d'idées, la tentative de plusieurs philosophes, aux XVIIe et XVIIIe siècles, pour enseigner les souverains et obtenir progrès et réformes non par l'éducation du peuple mais par celle de ses dirigeants. C'est un point de vue qui, en matière de perfectionnement, mise sur le sommet de la pyramide sociale. Il suppose aussi, de la part des têtes couronnées, des signes d'intérêt pour l'étude. Mais dans ces deux histoires, de Descartes avec la reine Christine et de Voltaire avec Frédéric II de Prusse, les problèmes ne sont pas nés d'un défaut de zèle de leurs élèves… Au contraire !

À la première lettre de la reine de Suède Descartes répond : « S'il arrivait qu'une lettre me fût envoyée du ciel et que je la visse descendre des nues, je ne serais pas davantage surpris et ne la pourrais recevoir avec plus de respect et de vénération que j'ai reçu celle qu'il a plu à Votre Majesté de m'écrire. » Christine l'invite à venir lui donner des cours de philosophie. Après quelques hésitations, il accepte. Et à l'âge de cinquante-trois ans, tandis qu'il vit à Amsterdam où il s'est réfugié pour penser et publier librement, il se rend à Stockholm auprès d'une reine de vingt-trois ans, célèbre par sa maîtrise des langues mortes et vivantes, ses connaissances scientifiques, son goût des belles-lettres, et ses excentricités. Descartes arrive en octobre 1649 après un éprouvant voyage en bateau. Christine attend celui qu'elle appelle « Cartesius » de pied ferme. Elle veut assimiler sans tarder le discours de la méthode et son audace novatrice. Le philosophe s'aperçoit aussitôt d'une grave discordance entre son approche lente, solitaire, ennemie de toute forme d'autorité, et la frénésie de Christine. Discordance aggravée par le tempérament tyrannique de son élève. En effet, ces leçons, intellectuellement pénibles à Descartes, sont fixées à cinq heures du matin – cela pendant un hiver exceptionnellement froid. En février, Descartes tombe malade d'une pneumonie et meurt. « Ah ! Mon cher Schluter, c'est pour le coup qu'il faut partir », murmure-t-il à son serviteur dans son agonie. Trop tard… Loin d'être la disciple attendue, la jeune reine a été pour Descartes l'incarnation même d'un leurre et la messagère de la Mort.

Sur un mode infiniment moins tragique, lorsque Voltaire, âgé de cinquante-six ans, se rend à Berlin sur les prières pressantes du roi de Prusse (« D'ordinaire, note-t-il, ce sont nous autres gens de lettres qui flattons les rois ; celui-là me louait des pieds jusqu'à la tête »), il va lui aussi essuyer une déconvenue. Pourtant, dans les commencements, le séjour au château de Sans-Souci se révèle délicieux. Salaire excellent, leçons quotidiennes de deux heures pas trop ennuyeuses et, au souper, des propos amusants : « Le moyen de résister à un roi victorieux, poète, musicien et philosophe, et qui faisait semblant de m'aimer ! Je crus que je l'aimais. » Voltaire, qui a échoué auprès de Louis XV, ne résiste pas ! Il accepte la charge de Chambellan du roi de Prusse, perdant son titre d'Historiographe du roi de France, et, conséquence également funeste, il devient un serviteur de Frédéric, un membre permanent de sa cour. Voltaire va demeurer près de trois ans à Berlin. Le temps pour le roi soupçonneux et le philosophe insolent d'accumuler de nombreux motifs de brouille : Voltaire est pris dans des affaires de finances, il prétend, de plus, se mêler de politique ; ce qui exaspère Frédéric, bien décidé à ne faire usage que de ses talents d'écrivain : « Je corrigeais tous ses ouvrages, ne manquant jamais de louer beaucoup ce qu'il y avait de bon, lorsque je raturais tout ce qui ne valait rien », se rappelle Voltaire dans ses *Mémoires*, reprise vengeresse de son épisode berlinois.

En mars 1753, Voltaire réussit enfin à partir. Il n'a plus alors la moindre confiance en l'idée d'un prince philosophe qui rendrait les hommes heureux et il garde une tenace rancune à l'égard de celui à qui il s'adressait en termes de « Votre Humanité ». Erreur : il n'existe que « Votre Majesté ». Mais Voltaire a aussi compris que l'unique solution est d'échapper par la richesse à la dépendance de l'homme de lettres. Ce qu'il va mettre en œuvre avec brio par l'achat en Suisse de vastes propriétés, d'abord « Les Délices », et surtout Ferney.

Il y sera roi dans son propre domaine et pourra, à sa guise, mener campagnes d'opinion et combats contre les despotes, qu'ils se prétendent éclairés ou non.

Le voyage de Diderot chez l'impératrice de Russie

Lorsqu'en 1773, âgé de soixante ans, le philosophe et encyclopédiste Denis Diderot prend la décision d'aller à Saint-Pétersbourg auprès de l'impératrice Catherine II (qui a alors quarante-quatre ans), il ne s'agit pas d'une aventure dans laquelle il se lance de gaieté de cœur, avec cet esprit de découverte, cette envie d'inconnu, cette santé qui animaient le Vénitien Casanova faisant le même trajet. Diderot est hésitant. Il n'a jamais voyagé hors de France, il n'est plus jeune, il sait quel redoutable despote peut être l'impératrice de Russie, mais cela fait longtemps que ce voyage est dans son horizon et qu'il l'écarte autant que possible. Pourquoi un tel sentiment d'obligation ? Pourquoi lui semble-t-il que se rendre à la cour de Saint-Pétersbourg est un devoir auquel il ne peut se dérober ? Parce que Diderot, à la différence de Descartes avec Christine de Suède, ou de Voltaire avec Frédéric de Prusse, a contracté une dette à l'égard de Catherine II : il s'est financièrement lié, et même ligoté serré, à l'impératrice – depuis dix ans et cela jusqu'à la fin de ses jours. L'impératrice, en effet, quand Diderot avait songé en 1761 à mettre en vente sa bibliothèque pour pouvoir un jour doter sa fille et pour se tirer lui-même de ses constants soucis d'argent, l'avait achetée en viager et lui avait proposé, en plus, le versement d'un salaire en tant que bibliothécaire ! Une offre difficile à refuser. Diderot travaille aussi comme agent culturel de l'impératrice – il s'occupe de faire venir en Russie des artistes français – et son courtier en tableaux (la collection de tableaux du XVIIIe siècle au musée de l'Ermitage est très redevable au goût excellent de Diderot). C'est ainsi que le philosophe, en tant que protégé officiel de Catherine II et lui étant redevable de l'essentiel de ses ressources, se dit qu'il se doit de lui faire une visite de reconnaissance… et qu'il recule. Et même après l'avoir décidé et alors qu'il se trouve à La Haye, sur le point de prendre la route de la Russie, il écrit à une amie : « À vous parler vrai, je ne suis pas gai. J'ai l'âme troublée. Je souffre à mettre entre mes amis et moi un demi-diamètre terrestre. Mais le sort en est jeté et il est trop tard pour regarder en arrière. » Nous sommes au mois d'août. Diderot et son compagnon de voyage, le jeune chambellan de Catherine II, vont atteindre Saint-Pétersbourg le 8 octobre, ils ont brûlé les étapes malgré un détour pour éviter Berlin et Frédéric II que Diderot déteste – un affront sanglant pour le Roi-poète et soi-disant amoureux des Lumières. Diderot arrive en mauvais état. Sa malle avec tous ses vêtements a été prise à la douane, il a perdu sa perruque, il n'a rien de l'élégance parisienne. Parmi les courtisans, il dénote. Un contemporain raconte : « Il était de toutes les fêtes, de tous les galas, toujours en habit noir. Les uns le regardaient avec enthousiasme ; les autres disaient :

“Quoi, n’est-ce que cela ?” » Et lui-même écrit à sa femme, dans les premiers temps de son séjour : « Est-ce que je suis fait pour la vie de cour, et la vie de cour faite pour moi ? » Par son franc-parler, son impétuosité, son athéisme non dissimulé, sa manière de monologuer à haute voix, pris par l’ardeur de ses réflexions, il est sûr que son comportement, en contraste éclatant avec la prudence des courtisans, dérange. De son côté, il s’ennuierait à mort s’il n’était sauvé par son extraordinaire énergie de travail. Il a beaucoup écrit pendant le voyage (malgré les cahots et les accidents), il continue dès son installation à Saint-Pétersbourg : il prépare ses entretiens avec Catherine II. De ce point de vue, l’accueil de celle-ci, plein de chaleur, d’intelligence, de passion intellectuelle, le comble : « Sais-tu, écrit-il à sa femme, que j’ai mes entrées tous les jours à trois heures chez sa majesté-Impératrice ? […] je te jure que l’Impératrice, cette femme étonnante, fait tout ce qui dépend d’elle pour se rabaisser jusqu’à moi ; mais c’est dans ce moment même que je lui trouve cent coudées de haut […] Aussi je te promets que si elle vit vingt ans elle aura changé la face de son pays. » Diderot a en tête deux buts majeurs : obtenir de Catherine II qu’elle finance une réédition de l’*Encyclopédie* et réussir à lui inculquer des idées libérales, en particulier sur la question du servage. Les entretiens sont animés. L’impératrice confie dans une lettre à une salonnière française : « Votre Diderot est un homme extraordinaire ; je ne me tire pas de mes entretiens avec lui sans avoir les cuisses meurtries […] ; j’ai été obligée de mettre une table entre lui et moi pour me mettre moi et mes membres à l’abri de sa gesticulation. » Diderot s'exalte sincèrement, mais il adopte sciemment le rôle de l'enfant, de l'inconséquent, de l'inconscient (le rôle du Neveu de Rameau !) afin de rassurer. « J'écris à Votre Majesté comme elle me permet de causer. Je me livre à tous les écarts de ma tête… » Son interlocutrice n'est pas dupe. Diderot ne réussit pas à la convaincre. Cependant, après un séjour de cinq mois, en mars 1774, Catherine II et le philosophe se séparent sur un ton d'amitié. Diderot a-t-il le choix ? Ce qui est sûr c'est que la Russie l'a renforcé dans ses convictions démocratiques. Sur le chemin du retour, c'est avec un vrai déchirement qu'il écrit, juste avant de quitter la Hollande pour la France : « J'ai fait mes adieux au pays de la liberté. »

Après la mort de Diderot, tous ses livres, manuscrits, lettres seront envoyés à leur propriétaire, l'impératrice de Russie, et traités à la bibliothèque de Saint-Pétersbourg avec une négligence certaine.

Dans l'ombre des gratte-ciel

On connaît les mots de Céline, dans *Voyage au bout de la nuit*, pour dire l'arrivée à New York de son personnage, Ferdinand Bardamu : « Figurez-vous qu'elle était debout leur ville, absolument droite. New York, c'est une ville debout. [...] On a donc rigolé comme des cornichons. Ça fait drôle forcément une ville bâtie en raideur. » Débarquer à New York ne donne pas forcément envie de rire, mais c'est sûr qu'on éprouve un choc. On est sidéré par ce paysage de grand ciel sur lequel se découpent une série de buildings qui rivalisent d'audace et de hauteur – les plus anciens comme le Chrysler Building ou l'Empire State Building n'étant pas les moins remarquables, surtout la nuit avec les couleurs dont s'éclaire le sommet de ce dernier : rose, bleu, vert acide, blanc fantôme... Les *skyscrapers*, littéralement « gratte-ciel », sont esthétiquement étonnants ; ils sont aussi, bien sûr, des manifestations spectaculaires du pouvoir économique et de la politique impérialiste qui en sous-tendent l'érection. Cela qui fut visé par l'attentat du 11 septembre 2011 : les deux tours du World Trade Center, hautes de cinq cent vingt-six mètres, étaient bien le symbole éclatant d'une volonté de puissance. Le « Centre du Commerce mondial » était atteint.

Des années auparavant, lors d'un voyage aux États-Unis, l'architecte Le Corbusier a émis sur les gratte-ciel de Manhattan de sévères jugements. Loin de toute attitude terroriste (encore que l'idée de détruire ne lui fît pas peur), mais dans un esprit de critique radicale : il voit dans les gratte-ciel une monstruosité contre nature, un arrogant oubli du « module humain » dont il se réclame. S'il salue la force architecturale qui se dégage de New York, il n'a pas de termes assez durs pour condamner la « catastrophe » qu'est cette ville du point de vue de ses habitants. Cette exaltation de verticalité que le spectacle de Manhattan peut vous procurer s'annule, en effet, quand on se trouve, comme au fond d'un puits, au pied des gratte-ciel, pris dans des rues comme entre des murailles. Le désir d'atteindre le ciel a son envers d'obscurité. La ville debout, une fois passé le choc d'étonnement, peut aussi susciter une nostalgie, le désir de retourner vers une douceur et une familiarité. Après avoir éclaté de rire, Bardamu a une lueur de ce que veut dire pour un « miteux » immigrer en Amérique : « Mais chez nous, n'est-ce pas, elles sont couchées les villes, [...] elles attendent le voyageur, tandis que celle-là, l'Américaine, elle ne se pâmait pas, non, elle se tenait bien raide, là, pas baisante du tout, raide à faire peur. »

L'anxiété, la peur... elles sont visibles sur les visages des foules d'immigrants massées dans le port de New York, qui se demandent comment se confronter à cette citadelle de pierre et pressentent que cette « ville debout » est aussi une ville de l'écrasement. Ils regardent et ils se disent que « *The Big Apple* » n'est peut-être qu'un mythe. Des pressentiments qui, souvent, vont se confirmer... Et j'y pense, ces jours-ci, où j'habite dans l'East Village et en parcours les rues bordées de petits immeubles en briques, aux façades barrées par des escaliers de secours « *fire escape* ». East Village et plus exactement Alphabet City, c'est-à-dire la partie la plus extrême, située entre les avenues A et D. Alphabet City, jusque dans les années 1990, était une jungle. Aucun taxi n'acceptait de s'aventurer dans ses rues – et, d'ailleurs, la police non plus. Il y transpirait quelque chose de l'enfer qu'avaient vécu en ces lieux, entassées dans des taudis, décimées par les maladies, les incendies, la violence, des générations et des générations d'immigrants. Ceux-là qui bâtissaient de leurs mains les gratte-ciel, et dont l'effacement ne cesse de se perpétuer : de leur vivant, par une existence d'effroyable pauvreté (et leur révolte même : ces révoltes qui, dans les années 1870, à Tompkins Square Park, les opposèrent à la police sont censurées, une époque où il y avait, recensées, dix mille personnes sans abri, dont de nombreux enfants, et au moins cent mille chômeurs) et, aujourd'hui, par un systématique souci de rénovation et d'enjolivement pour les touristes, comme s'il fallait qu'il nous soit définitivement impossible d'imaginer, au-delà de « *The Big Apple* », la ville que les miséreux nommaient alors, dans une ambivalence d'amour et de haine, de désir et de larmes, « *The Big Onion* ».

Le taxi-salsa de New York

La semaine dernière, je suis allée écouter au Metropolitan Opera *Don Carlo* de Giuseppe Verdi, le plus ambitieux et le plus long de ses opéras, inspiré de la pièce de Friedrich Schiller du même titre. L'opéra de Verdi, créé en 1867, comprend cinq actes, l'ensemble est d'une durée de près de trois heures. Une terrible et magnifique histoire de révolte, à la fois sentimentale et politique, tout imprégnée de la noirceur de la cour espagnole du XVIe siècle. Avec, visuellement, pour seules touches de couleur le rouge des éventails des dames de compagnie de la reine Élisabeth (la soprano Barbara Frittoli) et celui de la robe du Grand Inquisiteur (qui était littéralement incarné par un chanteur très grand et massif, James Morris, dominant de sa haute stature les autres personnages, comme il les dominait, selon une intrigue assez fidèle à la réalité historique, de son pouvoir). Ce rouge du costume du Grand Inquisiteur s'amplifie et prend toute sa signification dans le flamboiement d'un autodafé, « cérémonie » récurrente à Madrid aux siècles passés, et cela bien au-delà du XVIe siècle (l'Inquisition ayant été abolie seulement en 1834). Ce contraste visuel entre le rouge et le noir – on pense à Stendhal – était l'une des composantes d'un spectacle grandiose dans lequel la beauté des voix et de la musique de Verdi, tantôt insinuante et nous entraînant dans des vertiges de désespoir, tantôt rapide, galopante, emportée, et nous exaltant d'un désir d'amour ou d'héroïsme insensé, tenait le premier rôle. De sorte que le public, à la fin de la représentation, lorsque les chanteurs viennent saluer, était dans un état d'exaltation qui chez certaines personnes, à en croire leurs applaudissements et leurs cris, frôlait la transe. Alors que l'obscurité de la salle de cinéma nous plonge dans un état d'hypnose, le spectacle total qu'est l'opéra amplifie et démultiplie nos sensations. Après avoir assisté à un ballet de Merce Cunningham et John Cage, Roland Barthes déclare dans une interview par Hector Bianciotti (en 1973) : « J'ai été de nouveau subjugué par la sensualité en quelque sorte impériale du spectacle d'opéra : elle rayonne de toute part, de la musique, de la vision, des parfums de la salle, de ce que j'appellerai la *vénusté* des danseurs, la présence emphatique des corps dans un espace immense et prodigieusement éclairé. »

Devoir quitter cette brillance, cette architecture magnifique habitée par la voix, n'est-ce pas un arrachement ? Une dure retombée dans une réalité fort éloignée des ors et des diamants, des lustres et des plafonds peints, de la puissance de l'orchestre et des envolées de la soprano ? C'est ce que j'ai d'abord éprouvé au milieu d'embouteillages et de concerts de klaxon monstres, en essayant en vain de trouver un taxi aux abords de l'Opera.

J'ai marché longtemps et je commençais à me décourager, à songer que l'opéra était un univers clos et désuet sans rapport avec le monde, quand un taxi s'est arrêté. Il était terriblement déglingué, à l'image de son conducteur, un homme au T-shirt troué et à l'épaisse chevelure brune drôlement surmontée d'un bonnet de lutin. Un chauffeur pas du style classique. Mais qui avait son style – et sa gaieté : ce qui m'a été aussitôt perceptible dans sa façon de m'accueillir, de s'informer si j'avais du bon temps dans « *The Big Apple* », sur ce que je faisais, etc. Lui-même m'a raconté, en riant, qu'il venait de débuter sa journée, qu'il n'avait pas vu New York en plein jour depuis des années, et qu'il aimait ça, foncer dans la nuit, manquer de se faire assassiner par des cinglés, monter des clients invraisemblables qui lui déroulaient des bouts de leur vie hagarde, écouter la musique, et, sur ce, il a mis un air de salsa. Et puis il m'a confié que son rêve était d'aller en France, mais qu'il ne le ferait pas parce que l'accent français le mettait dans des états érotiques pas possibles ; quand même, il irait peut-être un jour, à Paris ou ailleurs, dans une grande ville en tout cas, il n'étudierait pas la langue, il s'en foutait, mais il en prendrait l'accent, et pour son petit déjeuner il tremperait ses tartines de pain frais dans du champagne. Il a haussé le ton de la salsa. Le taxi jaune filait à toute allure dans les rues vides. Comme tout à l'heure en écoutant Verdi, j'avais envie que ce trajet ne finisse pas. Le vent faisait s'envoler les pétales blancs des poiriers et je me disais que Max (entre-temps nous avions échangé nos prénoms) valait à lui seul un opéra.

L'ermite d'Arcachon

Au cours des années où j'habitais Arcachon, je ne me lassais pas d'observer avec amour et curiosité ses plages, ses jetées, les jardins des villas aux volets fermés, les chemins d'aiguilles de pin en forêt… mais je ne pensais pas pour cette ville et son environnement à l'existence d'un Passé. Ou à peine. Celui, proche, de mes parents. Et plus lointaine, l'histoire officielle d'Arcachon, l'époque de sa fondation telle qu'elle nous est rappelée par des plaques et des noms de lieux. Mais avant le XIXe siècle, avant l'invention d'une station de cure et balnéaire liée à l'instauration d'une ligne de chemin de fer entre Bordeaux et Arcachon et à l'initiative d'audacieux hommes d'affaires, je ne voyais rien. Un blanc complet. Le blanc aveuglant des bancs de sable en plein midi. Or, à l'occasion d'un récent séjour arcachonnais, dans la floraison discrète des tamaris et l'abondance des roses, dans la belle lumière et le vent d'un mois de mai des plus frais, j'ai eu l'idée de rendre visite à l'église Notre-Dame, que j'avais régulièrement fréquentée. En fait, j'ai eu l'impression d'entrer dans une église inconnue et fus aussitôt fascinée par la chapelle des marins avec ses ex-voto témoignant de la violence des tempêtes, de la fréquence des naufrages, des constants périls de la vie des marins. Ces ex-voto, dont certains sont d'émouvantes miniatures du bateau « miraculeusement » indemne, me disaient la ferveur avec laquelle les marins priaient la Vierge Marie, ou encore s'en remettaient à une puissance maternelle surnaturelle pour les sauver de l'abîme. Au sortir de la chapelle, je contemplai une petite statue de la Vierge à l'enfant, dont on nous apprend qu'elle fut, à la suite d'un naufrage, rejetée par les vagues aux pieds d'un pieux ermite qui avait choisi pour sa retraite le hameau d'Arcachon – écrit aussi Arcaixon, Arcanson, Arquasson, Requeysson, Recachon…

La saga du franciscain nous est racontée par des peintures et des vitraux. J'ai eu envie d'en savoir un peu plus par les livres. Et j'ai bien fait car la personnalité et la vie de Thomas Illyricus (1484-1528), le « Solitaire qui devait immortaliser Arcachon » (L. Delpeuch), le fondateur de sa première chapelle et d'un pèlerinage à Notre-Dame-du-Bon-Secours, sont étonnantes. Thomas Illyricus, né en Dalmatie et émigré en Italie tout enfant, s'est découvert à l'âge de vingt-cinq ans un exceptionnel talent d'orateur. Depuis lors, envoyé par son ordre comme « héraut de la parole de Dieu » (c'est-à-dire combattant de « l'hérésie » que commençait de propager Luther), il parcourt l'Italie, la France, le chemin de Saint-Jacques-de-Compostelle (il ira jusqu'à Jérusalem et rêve de convertir les Turcs). Portant cilice, pratiquant jeûnes et mortifications, il va de ville en ville. Sa parole a un tel succès que les églises ne contiennent pas les foules qu'il déplace (plus de quinze mille personnes à Montauban par exemple). Il prêche en plein air, dans les prés, les cimetières. Pendant quatre ou cinq heures d'affilée le peuple écoute, tétanisé, ses prophéties et fulminations, ses appels au repentir. Il pleure avec lui, s'agenouille et implore sa bénédiction. Non content d'agir sur les foules, Thomas Illyricus admoneste ses supérieurs, les rois et même le pape, à qui il rappelle qu'il doit être « la Langue des Muets, le Vengeur des Crimes, la Terreur des Méchants, la Gloire des Bons, la Verge des Puissants, le Marteau des Tyrans, le Père des Rois… ».

C'est cet homme qui, peut-être en besoin de silence, aboutit un jour de 1519 dans le désert de nos rivages. Réussit-il à s'en satisfaire ? En dépit de la légende selon laquelle il serait mort et enterré dans le sable des dunes, il faut avouer que non. Thomas Illyricus, qui déclame en latin, italien ou langue romane, se trouve soudain confronté à quelques pauvres pêcheurs, bergers et résiniers surtout soucieux du quotidien et étrangers à ces langues. Celui qu'on appelle « le saint homme » communique par la prière, contemple le ciel et la mer – et s'ennuie. Il reste moins d'un an et retourne à son existence agitée d'« Exclamateur de la parole de Dieu » et grand prédicateur d'orages. Il laisse derrière lui, outre une rumeur de miracles, une fragile chapelle en bois, bientôt remplacée par une construction en pierre, qui sera plus tard ensablée. On passe au-dessus d'elles en bateau, lorsqu'on navigue au large de la jetée de la Croix des Marins.

Jacques Henri Lartigue :
le capteur de bonheur

Né en 1894 à Courbevoie et mort en 1986 à Nice, Jacques Henri Lartigue a mené une existence dédiée à trois activités : la photographie, l'écriture d'un journal, la peinture. Celle-ci constitue d'abord son vrai choix de créateur ; alors qu'écrire son journal (dont plusieurs années sont publiées sous le titre *Mémoires sans mémoire*) et photographier se situent davantage du côté de l'envie de jouer. Et cela très tôt, puisqu'il a sept ans lorsque son père lui offre son premier appareil photo (une chambre 13 × 18 à pied), qu'il emmène partout avec lui : « Papa : il ressemble au bon Dieu (c'est peut-être lui déguisé ?), il vient de me dire : "Je vais te donner un vrai appareil de photographie" [...] Je vais pouvoir tout photographier. Tout, tout. Maintenant, je n'aurai peut-être plus de chagrin de rentrer à Paris, puisque j'emporterai tous les portraits de ma campagne » (1901). Ce programme, *tout prendre*, Lartigue va s'y appliquer pendant longtemps pour sa seule satisfaction personnelle. Il n'a, en matière de photographie, aucune ambition de reconnaissance. Il est dans la pure délectation de l'amateur, c'est-à-dire littéralement de « celui qui aime ». C'est seulement en 1963 (il a alors soixante-neuf ans) qu'à partir de sa première exposition – au musée d'Art moderne de New York – le public découvre ses photos en noir et blanc : journal photographique d'une vie racontée sous le signe de la fraîcheur et de l'émotion, de la surprise et du ravissement. D'une vie qui ignore l'usure, la répétition et, d'une certaine façon, sinon par le cycle des saisons et leur force de renouveau, le temps. « Je suis empailleur des choses que la vie m'offre en passant », dit Lartigue. Mais dans cette opération pour retenir le fugitif et capter l'insaisissable, il affronte le défi de ne pas figer ce qu'il « empaille », de ne pas transmuer en image morte l'élan vital. Sa photographie, loin d'être un « théâtre de la Mort » (selon la formule de Roland Barthes), irradie de vie. Lartigue est un photographe du mouvement, de la vitesse, du corps qui court, nage, patine, saute, danse, skie (sur la neige, sur l'eau), joue au tennis, conduit des voitures de course, construit des cerfs-volants, des aéroplanes, du corps qui rêve de s'envoler, s'envole… Sur ses photos d'enfance et de jeunesse, les personnages – ses parents, son frère, ses cousins – touchent à peine le sol. Saisis d'un vertige d'apesanteur, ils décollent. Ainsi de cette jeune fille qui vole au-dessus des marches d'un escalier (« Ma cousine Bichonnade, Paris, 40 rue Cortambert »), ou de son frère : « Zissou dans le vent de l'hélice d'Amerigo Buc ». Certes, il y a aussi « Bichonnade tombe de bicyclette » ou « Simone Rouzat en train de tomber » (d'un bob à deux roues) ! Ces incidents n'entament en rien l'euphorie des étés à la campagne ou des séjours au bord de la mer. La chute est toujours possible. La gaieté de Lartigue est à la fois spontanée et réfléchie. Il eut la chance de naître dans une famille riche. Peu à peu cette fortune a fondu, au point qu'il avoue « mener une existence de milliardaire sans le sou », et déclare volontiers : « Ma seule richesse, c'est la liberté. » Les photographies de Lartigue sont une manière d'hymne à la liberté. Qu'elles soient en noir et blanc ou en couleur. Car il avait également un lien très fort avec la couleur (il fait ses premiers essais en 1948), qui lui permit d'accomplir sa vocation de peintre. Cette photo « impressionniste » nous promène des brumes de novembre à la transparence d'une piscine, en passant par la Via Appia, Cuba ou le Venezuela, mais, surtout, elle nous offre une étonnante variation sur le motif des fleurs, de leur éclat, de leur fragilité – champs de coquelicots, gerbes de roses, de tulipes, d'anémones, amandiers, cerisiers au printemps –, d'où émergent, plus ou moins proches mais toujours désirés, le visage ou la silhouette de Florette, la bien-nommée, fleur parmi les fleurs, sa compagne et muse pendant presque cinquante ans. « Mais comment conserver une seule petite pierre précieuse de cet inimaginable trésor des Mille et Une Nuits ? » interroge Jacques Henri Lartigue à propos de la beauté du monde. Il y réussit et, par ses photographies, nous incite à mieux jouir de ce trésor… Quand je sors de l'exposition, le ciel de Paris a viré au rose fuchsia. Sur un quai de l'île Saint-Louis, un couple d'amoureux étale une petite nappe blanche pour y disposer son pique-nique.

Rester en contact

Au cours de la guerre de 1914-1918, François Mauriac, alors à Paris, écrit dans son journal (en date du 12 mars 1918) : « Cette après-midi, Mme Muhlfeld couchant avec son téléphone continuait ses colloques avec ses mille amis, avec la préfecture de police, pour savoir s'il y avait alerte. » Passent dans sa note un étonnement et une ironie – une désapprobation aussi : cela ne se fait pas de coucher avec son téléphone. S'agit-il d'une perversion d'un genre nouveau, mélange d'excitation mondaine et de peur, signe d'une irrésistible pulsion à s'étourdir de paroles, à ne pas lâcher le fil, à ne jamais débrancher ? Un siècle plus tard, hors toute menace précise d'alerte (ou bien l'alerte est constante), et à l'ère du smartphone, il n'y a rien d'extraordinaire à coucher avec son téléphone, lequel, intelligent et pas jaloux du tout, nous prendra volontiers en photo dans la suite de nos ébats nocturnes. Le téléphone est désormais un prolongement de soi-même et, comme l'annonçait une publicité à ses débuts, un remède définitif à la solitude. Finis les affres de l'attente dans un café, le gouffre des heures d'ennui dans un aéroport et de toutes les formes d'angoisse face au vide. Cette proposition était alléchante, il faut constater qu'elle a réussi au-delà de toute espérance.

Pour moi, je l'avoue, être appelée au téléphone est souvent de l'ordre du dérangement. Je n'ai pas de plaisir particulier à « être sonnée ». Je ne vois pas de raison à répondre *à l'instant* et à interrompre, pour une demande d'aucune urgence, la progression aléatoire d'une réflexion ou le cheminement vague et indéfini d'une rêverie. « Je ne vous dérange pas ? – Si, un peu. – Vous étiez en train de travailler ? – Non, pas précisément. Je ne faisais rien. – Alors, où est le problème ? » formule tout haut ou garde pour lui-même l'interlocuteur. Je ne fais rien, je n'ai donc rien à sauver ni à défendre contre une intrusion. Je ne fais rien, mon temps est sans valeur, n'importe qui peut en disposer... Et pendant les vacances, par définition une pause dans nos emplois du temps, une scansion respiratoire dans un horizon surchargé d'activités, la fièvre de communication faiblit-elle ? Nullement. Bien au contraire. Ce temps libre est mis au service du besoin de se rappeler à l'attention des autres, de communiquer avec ses « proches ». Le but est de nier au maximum la distance. Scène banale : à peine l'avion a-t-il atterri, chacun se précipite sur son portable. Le voyageur n'a qu'une hâte : renouer avec son point de départ. Ou bien, si la distance est minime, elle est fractionnée en autant de mini-épisodes qui tendent à l'annuler. « J'attends le bus, je suis dans le bus, j'arrive au café, où es-tu ? Ah, oui, je te vois... » Il importe que soit sans cesse rétabli un contact que l'on voudrait continu, sans failles, et que triomphe un monde où le mot « absent » ne signifie rien. Un monde sans personne qui nous manque et où l'on ne manque à personne. À supposer que cela soit possible, est-ce vraiment souhaitable ? Le monde n'en perdrait-il pas, en contrepartie, une grande part de son relief, de ses alternances d'ombre et de lumière ?

Dans le célèbre passage que Marcel Proust consacre à la narration d'une expérience téléphonique avec une personne aimée, la seule écoute de la voix, au lieu de combler un désir de présence, provoque un sentiment de déception, la souffrance de l'inaccessible : « Et aussitôt que notre appel a retenti, dans la nuit pleine d'apparitions sur laquelle nos oreilles s'ouvrent seules, un bruit léger – un bruit abstrait – celui de la distance supprimée – et la voix de l'être cher s'adresse à nous. C'est lui, c'est sa voix qui nous parle, qui est là. Mais comme elle est loin ! Que de fois je n'ai pu l'écouter sans angoisse, comme si devant cette impossibilité de voir, avant de longues heures de voyage, celle dont la voix était si près de mon oreille, je sentais mieux ce qu'il y a de décevant dans l'apparence du rapprochement le plus doux, et à quelle distance nous pouvons être des personnes aimées au moment où il semble que nous n'aurions qu'à étendre la main pour les retenir. Présence réelle que cette voix si proche – dans la séparation effective ! Mais anticipation aussi d'une séparation éternelle ! »

Notre frénésie de contacts ininterrompus joue sur un déni de séparation – momentanée ou éternelle. Dans cet effort pour effacer le poids de l'absence, on peut se demander si ce n'est pas l'expérience téléphonique elle-même ou, plus largement, l'expérience de communication qui perd de son poids et qui, à force de se banaliser, de devenir une sorte de réflexe automatique, annule tout dans un processus d'absence généralisée, à l'autre comme à soi-même.

Washington Square Park

Je suis venue à New York pour participer à un colloque sur Roland Barthes. Un double plaisir, puisqu'il y a à la fois le motif du voyage, écouter diverses évocations, françaises et américaines, de la personne de Roland Barthes et de ses livres, et retrouver New York : la ville que j'aime entre toutes et avec laquelle je me suis immédiatement sentie liée par une sympathie aussi entière que mystérieuse. J'habite au Washington Square Hotel (ex-Hotel Earle, où, pendant les années soixante, Bob Dylan et des poètes de la Beat Generation habitèrent), 103 Waverly Place, c'est-à-dire presque sur le parc. *Presque*, mais de ma fenêtre, à condition de faire abstraction d'un mur de briques qui bloque en partie la vue, j'aperçois Washington Square Park, les grands arbres de l'angle nord. Un coin du parc toujours à l'ombre, où l'on a l'impression que la nuit tombe plus tôt.

C'est samedi, et quand je sors en fin de matinée, dans un état un peu zombie à cause du décalage horaire, un piano a été installé entre la fontaine et l'arc de triomphe de marbre, ce « lamentable petit Arc de Triomphe qui domine l'entrée de Washington Square – lamentable à cause de sa pauvreté, de sa solitude, de son absence de support et d'affinité avec le contexte », gémit l'écrivain Henry James, né en 1843 au 21 Washington Place, dans une magnifique demeure depuis longtemps détruite au profit d'immeubles massifs (je préfère ne pas imaginer ce que Henry James pourrait écrire sur le sujet !). Un jeune homme joue du Chopin. Bientôt vont s'installer sous l'arc même, très blanc dans le soleil car il vient d'être restauré ainsi que l'ensemble du parc, des musiciens de jazz. Non loin, à demi couché sur un banc, un homme tient une guitare d'une main et de l'autre une valise défoncée. Il a une barbe et de longs cheveux blancs, un costume de velours parsemé de bijoux, médailles, gris-gris. Il chante, l'air vaguement égaré, sur un fond de contentement. Et lorsque ses amis le rejoignent, d'autres vieillards hippies, survivants miraculeux d'un régime assidu de drogues et excès de toutes sortes, ils forment ensemble un petit groupe qui participe de la polyphonie du lieu, mais aussi une présence fantôme, témoin d'une époque où l'arc de triomphe était couvert de graffitis contre la guerre du Vietnam, et Washington Square Park le domaine de *dealers*, le terrain d'agressions, de rassemblements politiques, d'appels à la rébellion, de proclamations politiques et littéraires. Je songe à cette photographie d'Allen Ginsberg prise en 1966 : il fait une lecture de son poème *Howl*. Il se tient debout, en chemise blanche ouverte, ses cheveux noirs en désordre. Une foule l'entoure. Des auditeurs assis ou allongés sur l'herbe. L'image dégage une impression d'été, de conviction partagée, d'élan. Tout en me dirigeant vers l'angle sud, là où des tables d'échecs sont fixées au sol (*Are you ready ?* Êtes-vous prête ? m'interpelle avec un sourire un joueur en attente devant son échiquier), je me demande si quelque chose de son verbe survolté et des ardeurs de joie et de destruction dont il était l'expression continue, même en une faible mesure, d'électriser l'air. Au nombre d'écriteaux disséminés pour avertir, restreindre, interdire, j'ai des doutes. Des enclos pour les chiens (*No people without dogs, no dogs without people*), d'autres pour les enfants (*No adults except in the company of a child*). Il est clair que nous ne sommes plus à l'époque des éclats, de la provocation, de la pulsion de brûler sa vie. Le parc, désormais, appartient aux étudiants de New York University (l'ombre de la Bobst Library est cent fois plus haute que celles des arbres les plus anciens), aux touristes, aux promeneurs. Il n'a plus rien à voir avec les années soixante et encore moins, bien entendu, avec son usage originel de cimetière, puis de lieu où s'exécutaient les sentences de pendaison.

La scène donc, aujourd'hui, est d'un début de week-end ensoleillé. On a travaillé toute la semaine. On se repose. On se sourit. On jouit de la beauté des parterres de chrysanthèmes jaunes et rouges, de la lumière à travers les feuillages colorés d'orangé, de l'artisanat exposé. Mais ce n'est pas cela que les promeneurs à l'âme paisible soudain tiennent à photographier – ni les fleurs, ni les masques en papier mâché, ni les poupées en laine. Ils s'immobilisent, de plus en plus nombreux, attachés à prendre en photo un faucon en train de déchiqueter l'écureuil sur lequel il vient de fondre. L'oiseau de proie se délecte. Dès qu'il a fini, il s'envole, étend la panique sur les oiseaux du parc qui s'enfuient à tire-d'aile. Les promeneurs lèvent les yeux vers cette zone de terreur suspendue au-dessus de leur tête. Le faucon ne les menace en rien ; pourtant chacun est troublé, et immobilisé, par le rappel d'un principe de cruauté supérieur à tous les efforts d'aménagement et aux conduites de prudence dont ils s'accompagnent.

Le besoin de lire

Sous l'Ancien Régime la personne en charge du domaine des arts – c'est-à-dire, essentiellement, de l'opéra, de la danse, du théâtre et des expositions de peinture – était nommée « l'Intendant des menus plaisirs ». Ainsi le maréchal de Richelieu (1696-1788), héros de la vie légère et grand ennemi de la souffrance, occupa longtemps ce poste, dont il retira tous les avantages possibles. *Intendant des menus plaisirs...* la formule peut faire sourire, tant elle est révélatrice d'un système de gouvernement dans lequel les artistes et la culture ne valent que sous l'angle du divertissement, les œuvres étant considérées comme des éléments décoratifs de l'existence, le prétexte à quelques moments agréables, vite oubliés. En revanche, le titre actuel, beaucoup plus sérieux, de *ministre de la Culture et de la Communication* ne donne prise à aucune suspicion quant au respect accordé à ce domaine dans un esprit républicain, et particulièrement en France. Ou ne *devrait pas* donner prise, car la réaction de Mme Fleur Pellerin, ministre de la Culture dans le gouvernement de Manuel Valls, nommée le 26 août 2014 par

François Hollande, laquelle déclare sans la moindre gêne qu'elle n'a pas le temps de lire et donc qu'elle ne lit pas pour le plaisir, laisse songeur – pour le moins. Ne pas lire est, hélas, à l'ordre du jour, et ce n'est pas pour rien que Philip Roth désigne les vrais lecteurs comme une catégorie en voie d'extinction, comme des survivances ou des fantômes d'une époque disparue. En effet, tout notre mode de vie (le rythme pressé et chaotique, la domination de l'image, l'obsession du téléphone mobile avec son registre incessant d'interruptions et de distractions) est ennemi de la lecture et va à l'encontre de ce temps illimité, rêveur, de cet étrange voyage immobile auquel elle invite. Par un déclic magique, celui ou celle qui lit échappe au contexte immédiat, se soustrait à l'emprise du dehors, de la réponse exigée, de l'obligation soi-disant urgente, et même peut réussir à s'abstraire de l'angoisse d'une attente ou de la prison de la douleur. Quelques mots, quelques phrases et, si le charme opère, le lecteur se trouve transporté ailleurs – qu'il s'agisse d'un univers romanesque, de la plongée dans un monde différent, ou de l'approche intellectuelle de nouvelles idées et de la chance d'enrichir sa vision. Un des traits du charme opéré par le livre est qu'il agit secrètement, loin du bruit. Comme l'écrit le père franciscain, philosophe et grand érudit, Giovanni Pozzi : « Au silence appartient le livre, dépôt de la mémoire, antidote au chaos de l'oubli, lieu où gît une parole qui toujours veille, prête à venir silencieusement rencontrer quiconque la sollicite. » Je suis toujours sensible, quand je visite un musée, à l'ancienneté et à l'abondance d'une tradition picturale si encline à représenter une femme en train de lire (l'alternative étant « Femme à sa toilette », les tableaux « Femme en train d'écrire », en revanche, ne sont pas nombreux, et s'il y en a il s'agit d'écrire des lettres). Ces femmes assises à une fenêtre ou dans un jardin, un livre à la main, n'ont pas eu à se battre pour obtenir ce temps de lecture. Le silence et le retrait du livre constituent leur élément. Ce serait plutôt contre l'ennui d'une vie trop tranquille qu'elles « sollicitent » le pouvoir de la lecture.

Telle n'est plus la situation aujourd'hui. Pour la plupart des femmes, comme pour les hommes, s'embarquer pour plusieurs heures de traversée dans l'imaginaire d'un langage implique un combat, relève d'une attitude de résistance. Ceci est très net, par exemple, dans le spectacle des gens qui debout, dans le métro, s'acharnent à poursuivre leur lecture. Ils sont littéralement accrochés à leur livre et profitent de ce trajet pour s'entretenir en silence avec « cet ami très discret, qui ne répond que lorsqu'on l'interroge » (Giovanni Pozzi). Que cherchent-ils à sauver ? Un plaisir, certes. Mais un plaisir d'une qualité particulière, un plaisir qui relève d'une exigence profonde, celle de ne pas vivre uniquement soumis à une suite de pressions, mais de jouir de la liberté d'une distance critique, d'un espace intérieur : « d'une chambre à soi » (Virginia Woolf). Peut-être faut-il essayer de concevoir le drame d'en être privé pour mieux évaluer l'importance du livre, son rôle *vital.* Écoutons ce témoignage de Dany Laferrière, dans son beau livre *L'Énigme du retour :* « J'ai reçu il y a deux ans après le passage d'un violent cyclone à Haïti cette lettre d'un jeune étudiant qui m'enjoignait de faire savoir aux gens de bonne volonté qui pensent envoyer de la nourriture aux sinistrés qu'il serait souhaitable que chaque sac de riz soit accompagné d'une caisse de livres car, écrit-il, “nous ne mangeons pas pour vivre mais pour pouvoir lire”. »

Un Américain à Paris

À la suite de l'interview remarquable d'une dame qui, pour contrer la tristesse d'un Paris endeuillé par l'attentat de novembre au Bataclan, avait recommandé *Paris est une fête*, les chiffres de ventes du livre de Hemingway sont montés en flèche – de dix à cinq cents par jour. Une nouvelle qui m'a fait plaisir. D'abord, parce qu'il est sympathique de constater que, face à un choc, la lecture peut valoir comme remède. Ensuite, parce que ce livre compte parmi mes préférés. Ces « vignettes parisiennes », selon l'expression de Hemingway, brillent par leur fraîcheur et leur précision. Elles communiquent l'énergie propre aux premiers pas dans une ville que l'on découvre. Et ceux de Hemingway, alors, sont d'autant plus vifs que ses promenades d'exploration de la ville prolongent une autre activité d'exploration, essentielle, vitale : ses débuts dans le métier d'écrivain.

En 1921, quand il s'installe à Paris, Hemingway a vingt-deux ans. Il a déjà l'expérience de la guerre (il a été blessé sur le front italien). Il est marié, a un fils, et vient de renoncer au journalisme pour se consacrer à la littérature. C'est dire que son Paris est vu par les yeux d'un jeune homme pauvre, et apprécié en fonction de la question « peut-on vivre sans argent ? ». Eh bien, oui. « À Paris, à cette époque-là, vous pouviez vivre très bien avec presque rien et si vous sautiez un repas de temps à autre et ne renouveliez pas votre garde-robe, vous pouviez même faire des économies et vous permettre certains luxes. [...] deux personnes pouvaient, avec cinq dollars par jour, vivre confortablement en Europe, et même voyager. » La difficulté est de les obtenir, ces cinq dollars (d'autant qu'elles sont trois personnes) ! Hemingway souvent n'y arrive pas. Il remplace le restaurant par le musée et dévore des yeux des Picasso, des Matisse, des Braque, au lieu de mordre dans un sandwich. C'est pour lui l'occasion de réaliser 1) que le musée est un lieu idéal parce qu'il est dépourvu d'odeurs de nourriture (donc sans tentations) 2) que la faim aiguise le sens esthétique : « J'appris à comprendre bien mieux Cézanne et à saisir vraiment comment il peignait ses paysages, quand j'étais affamé. »

Mais si cette ascèse a ses vertus, Hemingway n'en raffole pas. La faim lui sert surtout, en fait, à apprécier encore plus sensuellement un bon repas offert. Par exemple, un déjeuner, chez Prunier, au cours duquel il se régale de deux douzaines d'huîtres – « de somptueuses *marennes*, légèrement cuivrées, fort différentes de mes habituelles *portugaises* peu coûteuses » – et d'une bouteille de pouilly-fuissé, puis il engloutit un tournedos béarnaise avec un châteauneuf-du-pape. Et lorsqu'il arrive à l'écrivain débutant de recevoir un chèque pour ses nouvelles, alors il ne dépend de personne pour boire à sa soif et manger à sa faim.

Comme la soif de Hemingway est profonde – et avec l'âge elle ne fera que s'approfondir – son roman nous offre un merveilleux parcours de cafés de l'époque. Certains, bien sûr, disparus ; mais d'autres encore actuels, tels La Closerie des Lilas, où Hemingway écoute Blaise Cendrars raconter ses « mensonges », Le Dôme, où il discute avec le peintre Pascin, « constamment, délibérément ivre », Le Sélect, La Rotonde, chez Lipp... Parfois il écrit dans ces cafés, mais c'est généralement le soir qu'il les fréquente. Il passe aussi du temps dans l'atelier d'Ezra Pound, ou dans l'appartement de Gertrude Stein. Grâce à l'étonnante collection de « Miss Stein », il y poursuit son étude de la peinture moderne tout en goûtant aux savoureux alcools de quetsche, mirabelle et framboise, renfermés dans leurs carafons de cristal. Hemingway et sa femme, Hadley, ne s'éloignent pas de Paris, sauf lorsqu'ils vont jouer aux courses ; et, dans Paris, ils n'explorent pas au-delà de la rive gauche, et plus précisément de Montparnasse et du Quartier latin. Des quartiers nord, nulle mention hors celle-ci, minimale : « Ainsi, nous quittâmes Paris, par le train de la gare du Nord, à travers la partie la plus sale et la plus triste de la ville. » La pauvreté de Hemingway n'est pas celle des gens de ces quartiers. Elle est provisoire, un des ingrédients de la vie de bohème. Et lorsque, longtemps après, Hemingway y repense, elle n'altère en rien l'impression de joie qui émane de ces années-là.

Hemingway a écrit *Paris est une fête* (*A Moveable Feast*, « Une fête mobile » selon le titre d'origine) à partir de 1957. En 1961, il se suicide d'un coup de carabine, laissant son manuscrit inachevé. Il était, après un accident d'avion, en mauvais état physique et déprimé, ou bien atteint d'une fatalité héréditaire (son père s'était suicidé ; son frère, sa sœur, sa petite-fille, Margaux, se suicideront). Ce qui est sûr, c'est qu'il ne voulait pas d'une existence dépourvue de toute chance de fête.

2016

L'année du Singe au Japon

Infatigable est le désir des Japonais pour la propreté, l'absence de souillure, de traces… Je me rappelle une scène dans le célèbre jardin Kenroku-en à Kanazawa : tandis que je passais un pont, j'ai vu apparaître dans la rivière, marchant sur deux rangs, une dizaine d'hommes munis de balais. Ils avançaient d'un pas régulier, balayant le lit caillouteux. Comme je trouvais cela étonnant, Tsutsumi K., calligraphe et artiste, l'amie japonaise qui m'accompagnait, a interrogé l'un de ces travailleurs bénévoles. Loin de comprendre mon étonnement, il a déploré le laisser-aller actuel et regretté l'époque où chaque pierre *une à une* était nettoyée. Après le passage de cette armée de balayeurs aquatiques le fond de l'eau, alors dans le jeu d'un rayon de soleil, luisait d'un étrange éclat blanc.

Dans le même registre, je pourrais aussi évoquer cette dame élégante qui, un matin tôt dans une rue de Tokyo, se promenait tenant d'une main une canne, de l'autre un bâton terminé par une pince – style pince à sucre – à l'aide de laquelle elle ramassait et déposait, non dans une poubelle publique puisqu'il n'y en a pas (poubelle égale souillure) mais dans un petit sac en plastique, les rares détritus. Sans compter l'interdit d'entrer dans une maison avec ses chaussures, puis, à l'intérieur, celui de pénétrer dans les toilettes avec les chaussons d'appartement, et ainsi de suite… La culture japonaise multiplie les règles, grâce à quoi, sauf s'il s'agit d'un élément esthétique comme la mousse sur un toit de chaume ou la fêlure d'une poterie ancienne, l'inscription du temps et les dégâts produits par la présence humaine sont autant que possible effacés au fur et à mesure.

À partir de là, il est facile d'imaginer l'importance des rites de passage d'une année à l'autre. Dans le passé, ils s'étalaient sur un mois, approximativement entre le 15 décembre et le 15 janvier. Aujourd'hui, en considération de l'activisme de la vie moderne, ils durent moins. Cependant, dès décembre, innombrables sont, entre collègues, les réunions dites *Bônenkai* (« oublions l'année »), au cours desquelles contrariétés et conflits professionnels sont supposés s'évaporer dans l'ivresse du saké. Chez soi, l'année nouvelle se prépare par un nettoyage frénétique, à l'intérieur comme à l'extérieur, avant de mettre de part et d'autre de la porte d'entrée les décorations de pin, bambou et prunier auxquelles, selon des croyances d'antan, la Divinité de l'Année s'agrippait pour rejoindre le domaine des humains et fêter l'an neuf en leur compagnie. Ce nettoyage intensif ne vaudrait pas grand-chose, s'il ne se doublait de pratiques de purification intérieure : c'est ce à quoi tend le rite d'aller le 31 décembre, à minuit, sonner la cloche d'un temple. Et il importe que, dans la nuit, en chaque temple, cent huit coups retentissent – chacun valant pour l'annulation d'une des passions qui empêchent l'union avec Bouddha. Une fois effacées les traces matérielles et spirituelles d'impureté accumulées l'année précédente, il s'agit de se concentrer au maximum sur tous les gestes par lesquels s'inaugure l'année commençante, car de leur réussite va dépendre la tonalité heureuse ou malheureuse de l'avenir. On accordera donc la plus grande attention au premier repas, au premier kimono porté, à la première visite au temple ou au sanctuaire, à la première calligraphie, à la première partie de cartes, et même, ou surtout, au premier rêve, qui, idéalement, devrait comporter – par ordre décroissant d'importance symbolique – le mont Fuji, un aigle, une aubergine. Afin d'obtenir ce résultat certains posent sous leur oreiller une image de la chose attendue… Tous ces rites et cérémonies – mélanges de foi religieuse, de conduites magiques et ludiques – sont une façon d'essayer de faire du jour du nouvel an une suite de moments parfaits, et c'est ce dont s'enchantait déjà, à Kyoto, au XIe siècle, Sei Shônagon, dans *Notes de chevet* : « Le premier jour de l'année, surtout, me plaît. Le ciel pur se voile d'une merveilleuse brume. Tous les hommes soignent particulièrement leur figure et leur tenue, ils présentent leurs souhaits au Prince et aussi à eux-mêmes. C'est vraiment ravissant. »

En réalité, Sei Shônagon aime *tous* les jours de l'année, à condition qu'ils soient aussi minutieusement préparés et brillants que le premier, objets de la même attention, fruits de la même exigence de beauté – dans les vastes comme dans les intimes entreprises. C'est ainsi qu'elle classe, dans la liste de « Choses qui font battre le cœur » :

> Se laver les cheveux, faire sa toilette, et mettre des habits tout embaumés de parfum. Même quand personne ne vous voit, on se sent heureuse, au fond du cœur.

Rouge feu : l'année du Singe à Taïwan

Par le hasard d'un voyage décidé en fonction du Salon du livre de Taipei 2016, je me trouve débarquer dans cette ville le lendemain du nouvel an chinois – année du Singe, ainsi que je l'avais déjà appris au Japon, mais à Taïwan, dans la République de Chine (anciennement Formose), comme dans la République populaire de Chine, la date du nouvel an est fixée non selon le calendrier grégorien mais selon le calendrier lunaire (un mois commence le jour de la nouvelle lune et s'achève la veille de la suivante), la Chine ayant adopté en 1949 le calendrier grégorien pour les affaires courantes, du gouvernement, de l'administration, etc., mais non pour les fêtes. Celles-ci suivent le calendrier lunaire et sont donc encore liées au rythme des saisons, aux travaux des champs. Le nouvel an chinois, fêté cette année le 8 février, s'appelle aussi la fête du Printemps. Je suis arrivée très tôt le matin, le ciel est bleu limpide, il fait presque chaud, et c'est bien dans une atmosphère printanière que débutent ce premier jour de l'année chinoise et ma découverte de Taipei.

Dans les maisons, dans les petits jardins que les gens improvisent à leur porte, devant les échoppes, sont posés des pots de narcisse. Je me débarrasse de ma valise et sors dans les rues. À nouveau, on me souhaite la bonne année et, à nouveau, j'assiste à tout un rituel de gestes, comportements et cérémonies pour saluer l'événement. Ai-je le sentiment d'une répétition par rapport au nouvel an japonais ? En partie, oui, puisque les Chinois comme les Japonais accordent une immense importance à cette fête d'un commencement, mais les manières de célébrer diffèrent. L'année du Singe, d'un pays à l'autre, s'annonce autrement. C'est d'abord une question de bruit. La fête, ici, est bruyante. Elle s'accompagne de feux d'artifice, de pétards (même si c'est interdit). La nuit, on a parfois l'impression d'être réveillé en pleine insurrection. À ces explosions sonores correspond, au niveau des couleurs, la dominante éclatante du rouge. On porte des vêtements neufs *et rouges*, les grandes personnes comme les enfants. La ville aussi s'habille en rouge. Dans les temples, à l'entrée des maisons, des hôtels, des universités, sur les monuments publics, les murs, les fenêtres, le rouge triomphe. Le rouge et l'or. Partout sont collées des bandes de papier rouge sur lesquelles sont inscrits, dans la plus belle des calligraphies dorées, des vœux de bonheur, longévité, et richesse. Vœux de nouvel an, vœux de printemps, souvent écrits sous forme de poèmes, et où la référence à la réussite est omniprésente. Bonheur et prospérité ! Rouges, évidemment, sont les petites enveloppes dans lesquelles il est d'usage d'offrir aux enfants de l'argent, dit « argent de chance ». À travers la multitude de dieux honorés à Taïwan (pays qui, ayant échappé à la Révolution culturelle, a conservé sans rupture ses traditions religieuses), c'est la déesse Fortune au double sens de chance et de richesse que l'on ne cesse de prier, couvrir d'offrandes, régaler de spectacles et de parades. Les vivants veulent jouir des bienfaits de la vie. Et les morts ? En ces jours festifs, il n'est pas question de les oublier. Il faut qu'eux aussi aient la possibilité de satisfaire leurs désirs. D'où, sous la forme de faux billets, une énorme production de monnaie votive, une intense industrie falsificatrice, afin de permettre aux esprits de s'acheter du plaisir et aux vivants de s'attirer leurs bonnes grâces. Mêlées aux parfums de l'encens montent vers le ciel de noires volutes de fumée qui s'échappent de cheminées attenantes aux temples : c'est l'argent destiné aux morts. Il flambe sans discontinuer.

Le rouge est la couleur de la passion, la couleur du feu. Et c'est ce que j'éprouve, à Tainan, sur une petite place, devant le temple du Singe, au spectacle d'un homme, très maigre, le torse nu, habillé d'un pantalon rouge, parcourant pieds nus et à grandes enjambées le sol jonché de billets en train de brûler. Un coup de vent fait s'envoler les cendres. Entre mes yeux brouillés de larmes, je l'aperçois qui, soudain possédé, bondit, profère des sons gutturaux, se métamorphose en Dieu-Singe, tandis que résonnent en moi ces mots magnifiques d'Antonin Artaud : « Et s'il est encore quelque chose d'infernal et de véritablement maudit dans ce temps, c'est de s'attarder artistiquement sur des formes, au lieu d'être comme des suppliciés que l'on brûle et qui font des signes sur leur bûcher. » Je les ai souvent lus et relus mais aujourd'hui ils prennent pleinement sens, ou feu.

Saint Patrick's Day Parade

C'était le 17 mars, il faisait ce temps frais et bleu caractéristique de New York, qui nous rappelle que la ville est sur l'Océan atlantique. Un temps idéal pour marcher dans Central Park et observer le degré de floraison des jonquilles. J'avais ce projet et, dans la foulée, d'aller au Metropolitan Museum. Mais, au sortir du métro et au fur et à mesure que je m'approchais de Fifth Avenue, je constatai la présence d'une agitation inhabituelle dans le quartier. J'avais oublié que c'était le jour de la Saint-Patrick et que Fifth Avenue était le lieu de la parade, la plus grande parade au monde, et, depuis son origine à New York en 1762, la plus grande parade célébrant le saint protecteur de l'île émeraude. La circulation était barrée et l'avenue bordée de part et d'autre par une foule en train de regarder défiler une suite infinie d'orchestres, de majorettes, d'officiels, de pompiers, de policiers, de représentants de toutes sortes d'associations. Les kilts et les uniformes de style XVIIIe siècle étaient les plus visibles, mais la parade comprenait aussi nombre de personnes de tous âges, marchant derrière la bannière de leur groupe. Participants et spectateurs arboraient la couleur verte. Écharpes, robes, T-shirts, simples bérets de laine ou extravagants chapeaux de velours, colliers, barbes et cheveux teints, visages tatoués de trèfles à trois feuilles, lunettes vertes, corps entièrement recouverts d'une combinaison verte. Hommes et femmes, enfants, chiens, tout le monde était habillé de vert.

Je ne sais si j'avais l'intention de demeurer plus d'une heure grimpée sur une murette à contempler cette démonstration de la puissante persistance d'un sentiment d'identité chez les Irlandais américains, la plupart anciennement émigrés – la première vague datant du milieu du XIXe siècle, pendant l'épouvantable « Grande Faim » (entre 1845 et 1855, la population de l'Irlande, proie de la famine et de l'émigration qu'elle provoqua, était passée de huit à six millions d'habitants !) –, mais le parc comme le musée m'étaient inaccessibles et, de plus, j'étais reprise par mon goût pour la musique irlandaise. Ainsi bercée par les accents de la cornemuse, les rires et les pas cadencés, je flottais entre attention et rêverie, et enregistrais vaguement le nom des bannières qui se succédaient : The Manhattan College, The New York Ancients, The Music Dancing Irish Association, The Gaelic Society... Chaque groupe était acclamé, mais soudain ce furent des hurlements et des accents d'un enthousiasme combatif : défilait la Lavender & Green Alliance, à laquelle s'était joint Bill de Blasio, le maire de New York : pour la première fois, après des années de violents refus, les homosexuels avaient le droit de marcher dans la Saint Patrick's Day Parade, où, par tradition, dominait une stricte morale catholique. Une opposition qui datait du passé – ou presque : un homme brandissait un panneau sur lequel était écrit : « *Gay mafia defeat Irish at Fifth Avenue* » (« La mafia gay défait les Irlandais sur Fifth Avenue »).

Enfin, à la faveur d'une pause du défilé, il m'a été possible d'atteindre l'autre côté : Central Park et le Metropolitan Museum, avec son hall décoré d'énormes bouquets de branches de cerisiers. Les salles du musée m'ont fait un effet de silence. Les touches de vert maintenant venaient des tableaux : Constable, Cézanne, Picasso… Mais non, il y avait aussi quelques rares visiteurs échappés de la parade. Deux ou trois familles, un vieux monsieur, casquette et barbe vertes, debout, l'air perplexe, au milieu de la salle Rembrandt, et, un peu plus loin, un homme jeune, la chevelure ébouriffée, une chemise verte froissée sur un jean informe. Il se dirige sans hésiter vers un tableau au bout de la salle et s'arrête, en contemplation. C'est un portrait d'Elizabeth Farren, une célèbre comédienne irlandaise de la fin du XVIIIe siècle, devenue par son mariage comtesse de Derby. Elle brille d'élégance et, de sa main gantée, tient un étonnant manchon de fourrure. Son visage est vif et malicieux. Il est clair que séduire, sur scène comme dans la vie, l'amuse infiniment. Sa haute silhouette se détache sur un paysage de campagne et de mer. L'homme, fasciné, n'arrive pas à bouger. Et si, pour lui, la Saint Patrick's Day Parade n'était qu'un prétexte pour venir revoir la belle Irlandaise, à la fois proche et séparée dans son cadre doré et son fourreau de satin blanc ?

Voyager sous terre

On se souvient peut-être du roman à la fois drôle et féroce de Raymond Queneau, *Zazie dans le métro*, adapté au cinéma par Louis Malle. La jeune héroïne (jouée par Catherine Demongeot), en arrivant à Paris pour y séjourner quelques jours pendant que sa mère est occupée avec son amant, n'a qu'une idée en tête : prendre le métro. Mais, ô déception, son « tonton Gabriel » l'avertit aussitôt : « Le métro, ce moyen de transport éminemment parisien, s'est endormi sous terre, car les employés aux pinces perforantes ont cessé tout travail. » À quoi la mignonne enfant répond : « Moi qu'étais si heureuse, si contente et tout de m'aller voiturer dans l'métro. Sacrebleu, merde alors ! » J'ai lu ce livre quand j'étais encore dans mon lycée arcachonnais, et avant d'avoir fait connaissance avec Paris et son métro – dont, d'ailleurs, *Zazie dans le métro* ne nous apprend rien puisque la grève dure autant que les vacances de la gamine.

Sans être possédée de la folle curiosité zaziesque, c'est une chose qui m'intriguait et, la première fois, place Monge, je suis restée perplexe devant le plan aux lignes multicolores, incapable de deviner qu'il fallait s'orienter en fonction de la destination finale. C'était l'époque où s'affichait partout le slogan *Métro, Boulot, Dodo*. L'inverse même de ce qui avait pu nourrir l'imagination de Zazie. Il y avait donc, d'une part, une perspective fantastique, dans l'esprit de découverte de Jules Verne : voyager sous terre ; de l'autre, un ennui total, l'anesthésie des sensations vives, l'écrasement par la routine, la suppression de la notion même de voyage (un ennui qui, aujourd'hui, avec le terrorisme se mêle de peur).

Depuis ma perplexité initiale face à un plan énigmatique, j'ai passé une importante portion de ma vie dans le métro et lorsque je m'interroge sur ce temps j'oscille entre les deux perspectives. Cela dépend de mon humeur, de la fatigue, du trajet, de la chance ou non d'un imprévu intéressant. C'est souvent le triste *Métro, Boulot, Dodo* qui l'emporte face à la mine sinistre des voyageurs, à l'absence de toute forme de conversation, complicité, humour. Ainsi, une fois, en fin de journée, où je fixe une personne (je crois, à cause de son chapeau), celle-ci éructe : « Je ne suis pas quelqu'un de célèbre. Vous n'avez pas de raison de me regarder comme ça ! » Et c'est vrai, si elle était *people*, ne serait-ce qu'un peu, elle s'irait voiturer dans des limousines gigantesques aux vitres teintées, et avec, à l'intérieur, des bars grands comme des maisons… Bien que, objectivement, la tristesse domine, beaucoup trouvent des moyens de ruser et même de lui échapper complètement. Ce sont les lecteurs passionnés, qui même aux heures de pointe, arrivent à s'aménager un espace intérieur. Captivés par leur livre, emportés dans un univers qu'ils sont seuls à voir, ils sont inaccessibles. Le trajet paraît court à ces amoureux de la lecture, à ces rêveurs de talent, à ces hallucinés intermittents. Court, mais non complètement annulé, à la différence de ce que « réussissent » les Japonais qui, dans le métro de Tokyo, d'Osaka, ou de n'importe quelle grande cité, qu'ils soient debout ou assis, s'endorment aussitôt. Soustraits au code de la politesse, ils posent leur tête sur l'épaule du voisin, s'abandonnent sans défense… et, mystérieusement, se réveillent à la bonne station. Dans leur cas dodo tout-puissant a éliminé boulot plus métro. Mais à nous qui ne disposons pas d'un tel don du dodo se pose une question : au cours de tous ces trajets aveugles, comment nourrir son imagination, quelles visions entretenir ? Celles venues d'un texte, d'une musique, d'un film, ou, ce qui est plus rare, de soi-même – fantaisie du moment, désir, nostalgie ?

Il est huit heures du matin dans le RER B. Il y a un monde fou. Malgré la presse, un monsieur assez corpulent, habillé d'une veste de lin bleu, idéale pour un matin de plage, commence de dessiner à traits énergiques dans son cahier une maison sur pilotis. Elle surgit d'abord comme une ombre, puis s'affermit d'une toiture, de la balustrade d'un balcon. Alors que les voyageurs n'arrêtent pas de monter et donc de réduire sa liberté de geste, le monsieur, à l'aise comme dans son atelier, en est à peaufiner les ondulations de l'eau. Va-t-il ajouter des mouettes ? me dis-je, convaincue d'être, grâce à lui, embarquée sur l'île aux Oiseaux. D'autres voyageurs ont les yeux rivés sur la page blanche d'où a surgi la vision et chacun installe sa cabane sur l'île de son rêve.

Imanolthecat, ou La mort en live

L'écrivain Thomas Bernhard (1931-1989) avait une verve et un talent exceptionnels pour vitupérer, déployer une énergie furieuse contre certains sujets qu'il n'était jamais fatigué d'attaquer. Il y avait d'abord l'Autriche et les Autrichiens bien sûr, mais son champ ne se limitait pas à son pays natal, il comprenait aussi bien les hommes politiques, les metteurs en scène de théâtre (Thomas Bernhard a l'idée qu'un metteur en scène qui par la nullité ou la bêtise de sa mise en scène a nui au texte d'un auteur doit à celui-ci un dédommagement financier !), les mondains toujours partants pour détourner un artiste de son travail (c'est le thème du véhément monologue de *Des arbres à abattre. Une irritation*), ou les photographes, à maintes reprises sa cible, mais tout particulièrement dans son dernier livre, *Extinction. Un effondrement* : « La photographie est une falsification sournoise, perverse, toute photographie, peu importe qui photographie, peu importe qui elle représente, est une atteinte absolue à la dignité humaine, une monstrueuse falsification de la nature, une ignoble barbarie. [...] Photographier est une manie ignoble qui atteint peu à peu l'humanité entière [...] parce qu'en vérité, à force de photographier, elle prend à la longue le monde déformé et pervers pour le seul véritable. » Thomas Bernhard peut tenir des pages et des pages sur le sujet, jusqu'à affirmer : « La photographie est le plus grand malheur du xxe siècle. » *Extinction* ouvre sur la réaction du narrateur à l'annonce de la mort de sa mère, de son père et de son frère, dans un accident. Face à leur photographie, il commence de réfléchir sur sa relation difficile à ces trois personnages désormais réduits à un bout de papier et hauts de dix centimètres à peine.

Comme j'aime regarder des photographies et éprouve de l'admiration pour plusieurs photographes du passé ou contemporains, les fulminations de Thomas Bernhard m'ont longtemps fait sourire. Encore une marque de son plaisir à exagérer, pensais-je. Que la photographie déforme le monde et ne nous en donne qu'une image extrêmement réduite, plate, dénuée de la richesse des sensations, de tout cela qui nous submerge, ne me semblait pas spécialement grave. La peinture aussi suppose un cadrage et une opération d'abstraction. Et si la photographie, comme la peinture, accède au statut d'un art, c'est bien à cause ou grâce à tout ce qui la sépare d'une simple reproduction mécanique. Thomas Bernhard écrivait avant les débuts d'Internet et la révolution produite dans la communication par l'accès à un réseau informatique mondial. Devant cette multiplication folle des informations et des images, aurait-il proféré, avec son goût affiché pour la provocation : « Internet est le plus grand malheur du xxie siècle » ? Impossible à dire, mais il est certain que la fascination que suscitent les écrans de l'ordinateur ou du smartphone va très loin. En témoigne ce malheureux fait divers, ou social, récent dont la presse a rendu compte : le 10 mai dans l'après-midi, Océane, une jeune fille de dix-neuf ans, se suicide en gare d'Égly (Essonne). Durant la matinée elle a envoyé pas moins de quatre vidéos diffusées sur Periscope et signées de son nom d'internaute « Imanolthecat », qui est aussi celui de son chat : elle dialogue avec des internautes, parle de son « mal-être », demande à être vengée (elle est manifestement perturbée par une liaison amoureuse violente qui, bien que terminée, l'obsède), annonce que « ce qui va se passer risque d'être très choquant. [...] Vous verrez tout à l'heure [...]. S'il y a des gens qui sont mineurs, ne restez pas ». Imanolthecat, de peur d'être devinée, nie toute intention de suicide, essaie de plaisanter. Dans la mesure du possible, car quelques heures plus tard elle se jette sous un RER, elle tient à la main son téléphone avec lequel elle a voulu filmer sa fin en direct. « Je vais faire un live », disait-elle aussi dans une de ses vidéos. Un live de sa propre mort ! Un live signé Imanolthecat (et d'ailleurs aussitôt retiré), mais c'est Océane qui meurt.

En sortant de *Café Society*

Je ne suis pas allée sur les Champs-Élysées depuis longtemps et aujourd'hui, samedi, en sortant du cinéma Gaumont Paramount je remarque avec une précision singulière les dimensions de l'avenue, ses lignes de perspective, la foule qui s'y presse, le flot des voitures et des autobus et, au milieu, évoquant d'une façon incongrue l'Asie, de nombreux *rickshaws* (vélos-taxis à trois roues) qui se faufilent à toute allure, insoucieux de leur fragilité. J'observe la tête des touristes. Dans l'ensemble ils n'ont pas l'air ravis, pas mécontents non plus. Ils promènent, sur les monuments et les sites d'intérêt historique que leur conducteur-cycliste, se retournant vers eux, leur désigne, un regard d'indifférence, ou d'ennui. Souvent même ils ne regardent rien : ils photographient. Et la visite se déroule, au rythme de pédalage du conducteur ou de la conductrice, car des femmes aussi font ce travail. Des femmes aux mollets musclés.

Mais à moi, qui pourtant ne suis pas une touriste, la ville m'apparaît comme passionnante, prise dans un moment clef. Tout ce sur quoi mon regard se pose est doté d'un relief unique, comme si, au fur et à mesure que je marche, germaient sous mes pas des promesses d'aventure. Je viens d'atteindre la place de la Concorde avec la grande roue qui tourne dans le ciel. Je m'engage dans le jardin des Tuileries, que je choisis de parcourir en suivant la rangée de tilleuls qui longe la rue de Rivoli. La sensation de l'extraordinaire continue de m'exalter. Je marche, la tête renversée, pour mieux apprécier le dessin des feuillages et distinguer les minuscules points blancs des fleurs. J'essaie de respirer leur parfum. Il me semble que je marche plus vite que d'habitude, et que ce n'est pas seulement ce qu'il y a autour et au-dessus de moi qui mérite toute mon attention mais que ma démarche même a quelque chose de remarquable. Je me vois marcher en direction du Louvre sous la voûte des jeunes tilleuls et j'attends la suite avec impatience. Elle ne me déçoit pas. Lorsque j'arrive au café Le Fumoir, mon lieu de rendez-vous et mon café préféré actuellement, mon attente de l'arrivée d'un ami est pleinement occupée par le spectacle du va-et-vient des serveurs, la division entre les buveurs sérieux au bar et les amateurs dispersés dans la salle, la valse des fumeurs obligés d'aller fumer dehors, bien qu'ils soient au Fumoir. Un peu plus tard, la soudaineté d'un orage m'emplit d'une émotion grandiose. Comme au cinéma.

En réalité *je suis encore au cinéma* et l'espèce de drogue qui m'enfièvre est un effet post-filmique. C'est que sortir de l'obscurité d'une salle de cinéma, l'esprit toujours absorbé par l'intrigue du film, les yeux encore séduits par sa luminosité (ou baignés de larmes, ce qui est également délicieux), par le jeu des acteurs, leur intime présence, leurs visages proches à les toucher, constitue une expérience en soi et qu'il faudrait ajouter à la puissance du septième art son pouvoir de métamorphoser les spectateurs, de les plonger, au-delà de la durée de la séance, dans un état hypnotique qui, loin de les rendre insensibles à la réalité, la leur fait voir avec une acuité exceptionnelle. Le film se continue et nos actions, aussi banales soient-elles, participent de l'éclat d'une image voulue, d'un scénario intelligent, d'un montage subtil. Nous vivons quelques heures supplémentaires, parfois plus longtemps, dans l'excitation d'un suspense. Et cela, peu importe le sujet du film, seule compte sa qualité. Car, à l'évidence, *Café Society*, le beau film que je viens de voir, ne comporte aucun suspense, n'ouvre sur aucune possibilité d'imprévu. Il se conclut même, simplement, sur le constat de l'amour manqué. « Si mes films rendent ne serait-ce qu'une personne déprimée, je pourrai dire que j'ai fait mon travail », a pu déclarer Woody Allen. En ce sens, avec *Café Society*, il fait bien son travail. En même temps, par son génie de l'humour – forme de courtoisie, mode de survie, courage d'affronter l'horreur en y trouvant matière à sourire – il nous interdit de sombrer, il nous donne envie de continuer, de poursuivre notre cinéma. On connaît la fin bien sûr, mais on s'en moque et l'on pense avec Woody Allen : « Ce n'est pas que j'ai peur de la mort, je veux juste ne pas être là quand ça arrivera. »

Cadenas d'amour

Il fait chaud en ce début d'automne à Zurich. On pourrait presque se plonger dans le lac, me dis-je, tandis que je le longe et regarde les nombreux cygnes qui le sillonnent – silhouettes d'une blancheur absolue et d'une élégance sans défaut. C'est ma première visite dans cette ville. Je n'ai pas de direction précise, seulement envie de ne pas m'éloigner de l'eau. Le mieux me semble de prendre pour guide les cygnes (cela me plaît, dans le lieu où est né le dadaïsme, de prendre pour *signes* indicatifs de mon trajet des *cygnes* !). Je m'aligne sur un petit groupe qui soudain, et comme d'un commun accord, quitte le lac, s'engage dans une rivière. Claire, d'une belle couleur verte, la Limmat traverse la ville. Les cygnes m'ont très bien orientée. De loin, tel un mirage, j'aperçois un pont étincelant. Les rayons de soleil qui s'y réfléchissent m'obligent à fermer les yeux. On dirait qu'il est fait de pierres précieuses. Les cygnes me devancent. Ils s'arrêtent peu avant le pont de lumière en bordure d'un jardin d'où des humains sympathiques leur lancent du pain. Incapable de me soustraire à l'éblouissement, je poursuis jusqu'au pont :

une passerelle aux rambardes métalliques peintes d'un vert à peine plus sombre que l'eau. Il s'appelle le Mühlesteg, surnommé par les Zurichois la « *Liebesbrücke* », m'explique un Italien pimpant. « Le pont de l'amour ». Est-ce un pont où le fait de seulement mettre un pied sur son sol tremblant fait courir le risque de tomber amoureux ? Pas exactement. D'ailleurs, beaucoup de ceux qui y passent sont *déjà* tombés amoureux. Et ils empruntent la « *Liebesbrücke* » pour accomplir un rite : c'est ce qu'expriment les centaines et centaines de cadenas accrochés aux croisillons métalliques, sources de réflexion des rayons qui, de loin, m'aveuglaient. De près aussi leur pouvoir aveuglant continue d'agir, mais il ne m'empêche pas d'être attentive à la diversité des cadenas – de couleur rose, bleu nacré, rouge vif, or, marqués d'un cœur, d'une rose, et surtout de deux prénoms réunis – la durée d'un voyage ? De toute une vie ? *Forever*, me répondent d'une seule voix Tom & Julie, Verena & Marek, Carlos & Maria, Andreas & Vera, Brianna & Greg, Cédric & Julianne, David & Ivan, Hadja & Stéphane, Clara & Catherine, Emy & David, Gabor & Lila, Sina & Séverin, Anja & Dennis… À jamais, pour l'éternité ! clament Rosa & Daniel, Peter & Mark, Roman & Yuko, Guillaume & Jade… Je me penche et déchiffre sur un cadenas : *Giacomo ti amo, Sandrine*. Ça me fait sourire. J'imagine, au XVIIIe siècle, Giacomo Casanova, sur ce même pont, ou sur n'importe quel autre dans le monde, partout où s'effectue ce geste, à New York sur le Brooklyn Bridge, à Paris sur le pont des Arts, à Bordeaux sur le pont de Pierre, à Vienne, à Berlin, à Amsterdam, et bien sûr au Rialto à Venise, ou encore sur le pont Milvio à Rome, d'où, paraît-il, s'origine cette histoire, à partir d'un roman d'amour, un brin mièvre, de Federico Moccia... Je vois, j'invente, Casanova étreignant son amante et regardant avec elle la petite clef disparaître dans les eaux du Tibre. Il est ému parce qu'en effet il est amoureux, et elle aussi. Ils vivent dans une fièvre de chaque instant et tous deux souhaitent que cela dure. Mais il n'est pas certain qu'ils le souhaitent de la même façon. La jeune fille, moins libre de circuler dans le monde que Casanova, voudrait bien passer les menottes à son amant (il y a sur le Mühlesteg, parmi les cadenas, un objet bizarre : une paire de menottes en peluche rose), tandis que lui ne veut pas être prisonnier au-delà du temps de sa romance.

Il est troublant qu'aujourd'hui, dans une société où femmes et hommes ont en principe la même liberté sexuelle et la même conscience de la fragilité des sentiments, un cadenas puisse à ce point paraître l'objet parfait pour symboliser le rêve d'aimer. Mais c'est peut-être cette liberté et cette lucidité qui font peur et contre lesquelles on demande au petit cadenas de nous protéger. Dans l'immédiat, l'effet le plus sûr de ce rite de conjuration est de menacer les ponts d'effondrement : des millions de cadenas, soit cinquante-quatre tonnes de métal, enlevés en 2015 du pont des Arts à Paris, par exemple. Alors qu'il serait tellement plus simple, et plus léger, d'accepter le temps, de s'asseoir au bord du fleuve et de se murmurer doucement le poème d'Apollinaire :

Sous le pont Mirabeau coule la Seine
Et nos amours
Faut-il qu'il m'en souvienne
La joie venait toujours après la peine

Vienne la nuit sonne l'heure
Les jours s'en vont je demeure

Les mains dans les mains restons face à face
Tandis que sous
Le pont de nos bras passe
Des éternels regards l'onde si lasse

…

La mythologie du bon sens

À Zurich, je ne fais pas que me promener au gré du passage des cygnes entre le lac et la Limmat ; non, je suis aussi une autre direction, moins flottante : j'enseigne à l'ETH (École polytechnique fédérale de Zurich), un bâtiment du XIXe qui domine la ville. C'est un trajet perpendiculaire à la rivière, que l'on peut faire à pied ou par le Polybahn, un téléphérique rouge, aux dimensions d'un jouet, qui vous propulse à travers les feuillages. Il ne me reste plus qu'à errer un peu dans les couloirs pour retrouver ma salle, m'installer, refréner la tentation de reprendre en sens inverse le téléphérique rouge : à quoi ça rime de causer toute seule pendant deux heures et, en plus, sur des sujets, dans l'ensemble, plutôt inactuels ? – et aujourd'hui, c'est bien le cas, puisqu'il s'agit de la Chambre bleue de la marquise de Rambouillet, un salon qu'elle ouvre au XVIIe siècle. Une tentation, pas davantage. J'aime beaucoup Mme de Rambouillet et son salon me paraît valoir le détour. Avant de faire parler de lui par son lien avec les Précieuses, il suscite la curiosité par le talent de décoration de son hôtesse. En effet, Mme de Rambouillet reçoit dans une chambre tapissée d'un velours bleu clair – une innovation à une époque où les intérieurs étaient dans des teintes sombres. Elle joue de l'éclairage aux bougies et du vertige des parfums : elle dispose une abondance de bouquets, fait répandre des pétales. Elle transforme son jardin en une prairie, ce qui lui permet, dit-elle, en plein Paris, à deux pas du Louvre, de « voir faire le foin de sa fenêtre ». Mais Mme de Rambouillet ne se contente pas de décorer. Secondée par sa fille, la belle Julie d'Angennes, que célèbrent à jamais les poèmes de *La Guirlande de Julie*, elle met en scène un théâtre de la parole où se mêlent improvisations poétiques, inventions romanesques et art de la conversation. « La politesse de l'esprit, écrit Chateaubriand à propos de la Chambre bleue, se joignit à la politesse des manières ; on sut également bien vivre et bien parler. » Une forme d'éducation donc, mais à laquelle il faut restaurer son pouvoir de contestation, son caractère choquant. Car cultiver l'idéal de l'amour courtois et le plaisir du langage pour le langage était une prise de position contre la Cour et ses divertissements inspirés de la guerre, mais aussi contre l'univers bourgeois et ses ambitions matérialistes. L'art de la conversation qui se pratique à l'hôtel de Rambouillet comprend une défense du précieux contre l'utile, de la parole vagabonde contre le seul souci de communiquer, de la lecture contre les activités dites utiles. Cette affirmation pro-intellectuelle et féministe avant la lettre fut aussitôt perçue comme un danger et provoqua des ripostes. La plus réussie, puisqu'elle use de l'arme fatale du rire, étant celle de Molière avec *Les Précieuses ridicules* et *Les Femmes savantes*. On y entend Chrysale, furieux du désordre de sa maison, tenter de corriger sa sœur :

> Vos livres éternels ne me contentent pas
> Et hors un gros Plutarque à mettre mes rabats
> Vous devriez brûler tout ce meuble inutile
> Et laisser la science aux docteurs de la ville [...]
> Il n'est pas bien honnête
> Et pour beaucoup de causes
> Qu'une femme étudie et sache tant de choses.

Ces vers, je les sais encore par cœur. Quand je les récitais à l'école, ils sonnaient à mon oreille comme intemporels. Et ils le sont en effet. Car, de siècle en siècle, le discours de bon sens ne varie pas. Ainsi que l'analyse Roland Barthes, le bon sens « bouche toutes les issues dialectiques, définit un monde homogène, où l'on est entre soi, à l'abri des troubles et des fuites du "rêve" (entendez une vision non comptable des choses) ». Il est la négation du différent, le refus de l'altérité, l'exclusion de l'étrange et de l'étranger. Il repose sur la peur de perdre le contrôle, d'être embarqué dans des subtilités qui vous dépassent. D'où l'éloge du chiffre d'affaires contre la complexité du langage, des résultats concrets contre les rêveries des intellectuels, du monde réel contre celui dit de fantaisie. En stigmatisant le bon sens, Barthes s'en prenait alors au poujadisme. « Mythologie petite-bourgeoise », disait-il. Il est frappant de constater combien les thèmes dominants de cette mythologie se retrouvent, martelés tout au long de sa campagne, dans les discours du milliardaire homme d'affaires Donald Trump : vision comptable des choses, monde où l'on est chez soi, méfiance à l'égard des femmes, des intellectuels, des marginaux, des fauteurs de troubles de toutes sortes. Comme si l'économie d'une nation et celle d'une maison se géraient de même : selon des critères de bon sens radicalement ennemis du « bien vivre et bien penser » de la petite société de la Chambre bleue. Ce qui me donne encore plus envie d'en rappeler l'existence.

Plaisirs et tourments de l'Île enchantée : la lucidité de la princesse Palatine

En revoyant récemment *La Prise de pouvoir par Louis XIV* (1966) de Rossellini, j'ai été frappée par le talent du cinéaste pour montrer la métamorphose d'un jeune homme jusqu'alors écarté des décisions en un roi déterminé à s'imposer. La construction du château de Versailles constituant l'élément décisif de son projet. Son idée fixe : que plus jamais ne se reproduise une révolte du type de la Fronde, qui avait mobilisé la plus haute noblesse contre le pouvoir royal, l'amène à vouloir réduire de fiers châtelains en courtisans. À la fin du film, on voit Louis XIV s'avancer dans une allée du parc. Il est suivi d'un petit groupe. Soudain, il rebrousse chemin. On le retrouve un livre à la main en train de pénétrer dans une pièce. Les courtisans restent de l'autre côté de la porte, tandis que le monarque, seul et dans le silence de son cabinet de travail, lit à haute voix cette maxime de La Rochefoucauld : « Le soleil ni la mort ne se peuvent regarder en face. » Il sera éblouissant. Il sera le Roi-Soleil.

Je pensais à ce film culte en parcourant, au château de Versailles, les salles de l'exposition « Fêtes et divertissements à la Cour », laquelle illustre bien le caractère grandiose des fêtes du règne de Louis XIV, « les Plaisirs de l'Île enchantée », ou « le Grand Divertissement royal » – et l'importance des illuminations et feux d'artifice. Spectacles magnifiques en soi, mais dont il faut imaginer l'éclat à une époque où la nuit est synonyme de ténèbres totales. De nombreux tableaux permettent de se représenter la stupeur du public devant ces exploits pyrotechniques. Ainsi, lors d'une fête, la Cour descend vers le Grand Canal, d'où elle découvre la façade du château, les fontaines et les parterres éclairés ; puis le roi et ses invités montent sur des gondoles où jouent des musiciens et voguent sur cette eau de lumière. « Rien n'a jamais mieux ressemblé à ce que la fable raconte des Champs-Élysées », écrit Charles Perrault, le célèbre auteur de contes, également Contrôleur général des bâtiments du roi, et employé par celui-ci pour ses fêtes. La chose est vraiment de son ressort, puisque le but est de plonger l'assistance dans une atmosphère de merveilleux. André Félibien, architecte, Contrôleur général des routes et des ponts, et Historiographe du roi, décrit, lui aussi, des impressions féeriques : « Mille fusées qui s'élevaient en l'air paraissaient comme des jets d'eau enflammés ; et l'eau qui bouillonnait de toutes parts ressemblait à des flots de feu et à des flammes agitées. » Dispensateur de festins, de bals costumés, de nuits féeriques, le Roi-Soleil a un sens aigu du spectacle. Il a tout de suite compris combien éblouir interdit toute possibilité d'esprit critique. Mais ces fêtes extraordinaires ne lui font pas négliger la mise en scène du quotidien et la nécessité de maintenir un équilibre entre une étiquette rigide et des plages de délassement, ou de défoulement, telles que la chasse ou la promenade. Louis XIV fixe, par certains rites, la continuité d'un régime de divertissements dont il explique l'intérêt politique dans ses *Mémoires pour l'instruction du Dauphin* : « Cette société de plaisir [...] donne aux personnes de la Cour une honnête familiarité avec le Souverain, les touche plus qu'on ne peut le dire. » L'instauration des *Jours d'appartement*, trois fois par semaine, témoigne de cette préoccupation. Il y a sept salons, comme dans un conte de fées : le premier destiné à la danse, le second à la musique, le troisième au jeu du roi et de la reine, le quatrième contient vingt tables de jeu pour les courtisans, le cinquième le billard du roi, le sixième et le septième offrent de la nourriture et des boissons. « Ceux qui ne jouent pas, comme moi et beaucoup d'autres, écrit la princesse Palatine, flânent d'une pièce à l'autre, écoutent la musique ou regardent les jeux, car il est permis d'aller où l'on veut [...]. Mais si je devais raconter à V.D. [Votre Dilection] avec quelle magnificence tous ces salons sont meublés et quelle quantité de vaisselle d'argent ils contiennent, je ne m'arrêterais jamais. Il est certain que ceci vaut la peine d'être vu. Tout cela serait magnifique et *divertissant*, si on pouvait porter un cœur joyeux à cet appartement... »

La princesse Palatine, belle-sœur de Louis XIV, pose la question cruciale. Si l'on ne porte pas un cœur joyeux aux fêtes ordonnées par le roi, celles-ci réussissent-elles à nous faire passer de la tristesse à la joie ? Pour la princesse Palatine, la réponse est non. Et c'est parfois même l'inverse parce que dans le tourbillon des réjouissances les rivalités entre courtisans se surexcitent. Quant aux proches parents, ils sont logés à la même enseigne, avec, en plus, la conscience de dépendre plus étroitement du roi. « Il est pénible, s'indigne la Palatine, de n'avoir que les apparences de la grandeur sans pouvoir faire quoi que ce soit, car ceci est plus proche de l'esclavage que de la liberté. » Tant il est vrai que, s'agissant d'une fête, aussi enchantée soit-elle, ce qui relève de la contrainte et d'un rapport d'autorité lui retire son charme… Assez vite, dans ma tête, tandis que la nuit du parc entoure le château, le concert des louanges est couvert par la voix forte et rebelle, reconnaissable de loin à son accent étranger et à sa sincérité, de Madame, princesse Palatine, mariée de force à Monsieur, frère du roi, homosexuel notoire. Madame, qui, à la fin de sa vie, fait cet aveu déchirant : « On m'a rogné les ailes. »

2017

Sur les traces des moines mendiants

Je ne sais pas si je le voulais vraiment mais le personnage de Thomas Illyricus, le moine franciscain à l'origine du sanctuaire de Notre-Dame d'Arcachon, une fois entré dans le champ de mon imagination, ne veut plus en sortir. J'espère qu'il ne va pas me demander, comme Nadja à André Breton, d'écrire un roman sur lui. Pour le moment, il semble se contenter de lectures assidues à son sujet. Ces lectures sont loin de me le rendre entièrement sympathique (Thomas Illyricus est fanatique, puritain, dans la haine du corps et l'obsession du péché – s'autorisa-t-il seulement à déguster des huîtres durant son séjour arcachonnais ?), mais elles ont l'avantage de m'entraîner vers la découverte d'une époque passionnante. Car Thomas Illyricus (1484-1528), surnommé « l'Exclamateur de la parole de Dieu », fut l'exact contemporain de Martin Luther (1484-1546) et l'un de ses plus ardents ennemis. Sur la plage, tout en contemplant la mer, il réfutait dans sa tête les thèses de Luther…

Puisque frère Thomas insiste pour que je continue de m'informer sur lui, je fréquente à nouveau la

Bibliothèque nationale, après un voyage à la bibliothèque d'Étude et du Patrimoine de Toulouse pour y lire la seule thèse qui lui fut consacrée. Mon but, à la Bibliothèque nationale, est de prendre connaissance des ouvrages du révérend R.-M. Mauriac. Je suis dans cet état d'impatience très particulier, une sorte de fièvre par laquelle le goût de l'érudition rejoint l'excitation du détective, cela que j'ai éprouvé il y a quelques années lorsqu'aux Archives de Madrid la bibliothécaire a déposé devant moi, rangées dans une boîte en carton et quasiment jamais consultées, les lettres écrites au XVIIIe siècle par Mme de Ventadour, la gouvernante de l'infante Marie Anne Victoire, au roi Philippe V et à la reine d'Espagne, avec parfois en bas de page des mots gribouillés par la petite fille même. Mais ici, à la réception des livres du révérend R.-M. Mauriac, c'est la déception : ils sont écrits en latin ! Et il me faudrait des mois de travail pour que, armée de mon dictionnaire Gaffiot, je vienne à bout de leur lecture. Le moine obsédant voudrait-il que je m'engouffre dans cette galère ? Il s'abstient de tout signe. J'en profite pour aller voir en amont de son existence. J'ai envie de me renseigner sur le fondateur de son Ordre, saint François d'Assise (1182-1226). Je demande *Frère François* de Julien Green et j'ai le bonheur de découvrir un livre merveilleux – par la manière de raconter, par l'enthousiasme de l'auteur pour son « héros », la ville d'Assise et les paysages de l'Ombrie, et par la personnalité même de frère François. Tout m'enchante dans ce que je lis, sa naissance, sa jeunesse dans une riche famille de drapiers, son sens du commerce et de la séduction, son côté esthète, son goût du plaisir, des fêtes, de la langue française et des chansons de troubadours. Et comment, soudain, par le renversement de la conversion celui qu'on appelle « le prince de la jeunesse » quitte tout pour l'état de mendiant. Prenant au pied de la lettre la parole de l'Évangile : N'emportez rien sur la route, ni bâton, ni besace, ni chaussures, ni argent, il devient le vagabond de Dieu. Et, encore plus étonnant pour une personne du XXIe siècle, ce choix du dénuement le plus total et de la vie errante se révèle follement communicatif. Des hommes riches, puissants, se défont de leurs biens pour revêtir la tunique brune ceinte d'une corde et s'en aller pieds nus sur les chemins. « Pouvait-on, ne possédant rien, vivre heureux sur cette terre ? L'âge d'or était-il là ? » La bibliothèque va fermer, je m'arrête sur ces mots de Julien Green et mets mon livre de côté pour le lendemain.

J'abandonne le monde où un illuminé en guenilles, tout en s'entretenant avec les oiseaux, fait naître la joie sur son passage. Je descends dans le métro. Là où, sauf erreur de leur part, ne s'aventurent pas les oiseaux. Non, pas d'oiseaux dans le métro, ni de moines mendiants. Mais des mendiants, oui. En grand nombre et de plus en plus, aucun n'ayant choisi sa misère, aucun n'ayant voulu son exil. Ils se succèdent dans les rames, ou s'installent à certaines stations. République est l'une d'elles. À un croisement coexistent, dans une compétition désolée, un homme mutilé qui exhibe un moignon, une très jeune fille blême à l'air égaré et plusieurs familles syriennes, le père, la mère, leurs enfants. Le père, ou bien un des enfants, crie en arabe et de toutes ses forces une histoire que personne ne comprend. Dehors, dans un froid mortel, d'autres mendiants. Ils sont déjà en partie engloutis par la nuit. Mal protégés par une couverture ou un sac de couchage, ils ne demandent rien. Il n'y a que leurs yeux qui nous fixent et nous font détourner le regard.

Rites d'arrivée : visite à la Frick Collection

Comme je reviens régulièrement à New York, le plus souvent au printemps, j'ai mes rites d'arrivée. Il y a d'abord la première promenade à Central Park, aller saluer les jonquilles, reprendre contact avec ses petits chemins entre les roches, ses pelouses et l'horizon des gratte-ciel alentour. Il y a ensuite ma première visite à la Frick Collection. Ce musée, originellement la demeure du richissime industriel et collectionneur Henry Clay Frick (1849-1919), est somptueux. Il est à mesure humaine et donne le sentiment que chaque tableau correspond à un choix réfléchi, amoureux. La fatigue d'être dépassé par le nombre de tableaux exposés et de devoir parcourir en zombie une suite de salles anonymes ne se produit jamais ici. En regardant ses chefs-d'œuvre on se sent comme dans une maison, et même, pourquoi pas ? – au registre du fantasme, il n'y a pas de raison de se priver –, comme dans *sa* maison. On est saisi à la fois par le bonheur de la peinture et par la rêverie qui, le temps d'une visite, fait de nous les habitants du lieu.

Rares sont les musées qui suscitent l'envie d'y habiter. Il faut pour moi que ce soit des demeures anciennes et, en plus, des maisons où l'on ait envie de se réveiller le matin sans avoir souffert une nuit de cauchemars. Par exemple, je me vois mal dormant dans la même pièce que le tableau de Goya *Saturne dévorant ses enfants*, ni auprès de grandes compositions historiques de Rubens, qui me font un effet d'irrespirable (je ne peux pas dire non plus que la chair surabondante de ses nudités ait sur moi un effet érotique). Mais à la Frick Collection, j'aime m'imaginer trouvant une ruse pour me laisser enfermer par les gardiens… Je m'installe dans le patio à la lumière pâle et là, au bord du bassin, parmi les orchidées et les lis blancs, après quelques coupes de champagne et un délicat dîner, je passe saluer la maîtresse et sa servante peintes par Vermeer, le mystérieux chevalier de Rembrandt, je fais une pause au bord de l'Océan gris bleu de Whistler et puis je me rends dans la salle des Fragonard, où est exposée la série des tableaux dits de Louveciennes : *La Poursuite*, *La Surprise*, *L'Amant couronné*, *La Lettre d'amour*. Je suis toute à son génie des hautes frondaisons et des bosquets vivants, des mille nuances de vert et d'azur, à ses jeunes filles aériennes, qui surgissent, parmi des statues de déesses, avec la grâce instinctive des biches et tous les signes de l'élégance la plus raffinée : bijoux, éventails, rubans, robes à panier (bouffantes mais légères), corsets dessinant leur taille si mince. À ses jeunes gens, de la même stature que les jeunes filles et tout aussi gracieux, comme si les rôles étaient interchangeables. Ils rêvent qu'ils vont réussir à saisir ces demoiselles, à les attraper par leur taille si mince. Mais je me trompe. Ils ne rêvent pas. Fragonard, à la différence de Watteau, dont il était contemporain, ne nous place pas dans une durée. L'attente, l'espérance, avec ce qu'elles impliquent d'envers de déception ou de mélancolie, ne sont pas de son ressort. Et au contraire d'Hubert Robert, dont il était le compagnon et l'ami à Rome, le passé, ses ruines, ne l'intéressent pas. Il peint l'instant. Ses effets de surprise et de ravissement. Il peint le mouvement. Le même souffle qui anime les grands arbres d'un parc et fait circuler le désir… Je vagabonde à travers les images. Mais soudain la voix d'un gardien annonçant la fermeture du musée fait éclater la bulle de mes songes.

Je me retrouve dehors, sur Fifth Avenue, dans le bruit de la circulation, des sirènes de police et des voitures de pompiers. Je monte dans un bus dont le conducteur a la particularité, au lieu de dire les arrêts, de les chanter. Il improvise une mélopée à partir des chiffres des rues. Ça ne fait rien, j'ai perdu la lumière pâle du patio et les silhouettes aériennes de Fragonard. Le monde me frappe par sa brutalité. Mes pensées s'assombrissent encore davantage lorsque le bus passe devant les gigantesques lettres dorées de la Trump Tower, laquelle écrase le paysage de ses cinquante-huit étages (de l'autre côté de Central Park, ce sont les cinquante et un étages du Trump International Hotel and Tower qui proclament la puissance de la Trump Organization). Me revient le fait divers lu la veille : ce Mexicain, expulsé des États-Unis, renvoyé dans le bastion de drogue et de tueries qu'est sa ville natale et qui, à peine la frontière franchie, se suicide du haut d'un pont de Tijuana. Et je pense à ces millions d'immigrés clandestins qui en ce moment même, loin de célébrer leurs rites d'arrivée, s'angoissent de la menace d'être déportés – sans aucun rite de départ.

Grand Central Oyster Bar

C'est le printemps, certes. Mais à New York, il peut être assez rude. Des blocs de neige datant de la dernière tempête sont en train de fondre. Il faut contourner des mares et enjamber les magmas de neige sale poussés par les chasse-neige. Cela rend les déplacements plus sportifs… À cause de son climat difficilement prévisible, et des différences d'histoire, d'architecture, d'origine ethnique, qui distinguent un quartier d'un autre, le paysage de cette ville est l'un des plus contrastés et changeants qui soient. Au milieu d'un tel ensemble d'éléments instables, tout ce qui perdure inchangé depuis plus d'un siècle fait figure d'institution.

C'est le cas du Grand Central Oyster Bar, que je m'apprête à découvrir. Il a été ouvert dans la gare même, seulement quinze jours après son inauguration en 1913. Comme s'il fallait que ce monument gigantesque, sommet d'audace et d'harmonie, contienne, avec la même nécessité que des guichets où les voyageurs puissent acheter leurs billets et des panneaux où ils puissent lire les informations, un bar et un restaurant où déguster des huîtres ! Au XIXe siècle, New York est, avec ses sept cent mille huîtres par an, un des centres mondiaux de production de ce coquillage (la surpêche des huîtres sauvages ayant d'ailleurs fini par les menacer d'extinction). Un engouement qui se poursuit dans les premières décades du XXe siècle, faiblit, pour reprendre aujourd'hui avec éclat, grâce au mouvement plus large d'un intérêt médiatique, studieux, et même maniaque de la part des « *foodies* », pour la gastronomie.

Grand Central, comme l'appréciation des huîtres par les Américains, a traversé de mauvaises phases. Plus ou moins dans le même période. Durant les années 1970, la gare est désertée, squattée, et il est question de la détruire. Sans l'engagement entier de Jackie Kennedy, cela aurait eu lieu. Quant au goût des huîtres, lors de mes premiers séjours dans les années 1975-1980, ce n'était pas brillant. J'avais vécu l'affreuse déception de me voir servir des huîtres passées à l'eau du robinet, des huîtres délavées, privées de toute senteur marine et verdeur d'algue, coupées de toute mémoire d'océan. Je m'étais juré : une fois pas deux. Mais la culture de l'huître et la manière de la déguster ont bien changé depuis et c'est pourquoi, en ce soir où je me fraie un chemin dans la foule de 42nd Street, je suis toute curiosité. Je traverse le coin des chuchotements dans lequel d'un angle à l'autre on peut entendre tout ce qui est dit et même murmuré, et je descends, en sous-sol, dans la grande salle voûtée de l'Oyster Bar, sous son plafond revêtu de carreaux beige rosé. Je me laisse conduire, dans un éclairage de fête, à travers les petites tables aux nappes rouge et blanc et me plonge dans la lecture du menu.

Je vais à *Oysters* : vingt-deux noms d'huîtres ce jour-là, classés par ordre alphabétique (le restaurant Blue Water Grill, à Union Square, les classe selon le degré de maturité des clients : débutants ou connaisseurs). Les huîtres se vendent à la pièce. Un plateau se compose d'une sélection. Comme je n'y connais rien, je m'en remets à mon serveur. Il me conseille des Blue Pool, des Giga Cup et des Hama Hama (de l'État de Washington), des Island Creek (du Massachusetts), des Belon Wild et des Nautilus (du Maine) et des Cape May Salt (New Jersey), ces deux dernières me plaisent tout spécialement pour leur substance charnue, fraîche, salée. Mais j'avoue ne pas avoir été insensible aux Laguna Manuela, grosses huîtres laiteuses (Baja, Mexico). Les huîtres de la côte Est, Atlantique, sont plus petites et iodées que celles de la côte Ouest, Pacifique. Je me promets de revenir pour, en débutante, approfondir les distinctions et nuances, et goûter les Kumamoto (Baja, Mexico, mais d'origine japonaise) et les Totten Inlet Virginica (TIV), favorites de Jon Rowley, auteur de *The Geography of Oyster*.

Jon Rowley raconte que sa passion lui est venue à Paris, dans les années 1960. Il a commandé une douzaine d'huîtres dans un bistrot et il avait avec lui *Paris est une fête*. La rencontre entre ses sensations et les mots de Hemingway pour décrire ses *portugaises* « au fort goût de marée, avec une légère saveur métallique que le vin blanc emportait » l'a enthousiasmé et, depuis, l'huître est pour lui l'objet d'une fascination infinie. Je suis dans la même disposition. Le goût comprend des données originelles, obéit à des forces venues de l'enfance, mais il est aussi quelque chose qui s'éduque et s'enrichit au fur et à mesure de nos expériences et de notre envie d'y réfléchir. À la sortie du restaurant, je passe sous une arcade portant ces mots, séparés et marqués de deux flèches opposées : *To the trains – To the Oyster Bar*. J'ai choisi ma direction.

Le pouvoir malgré soi

Dans *La Journée de Louis XIV, 16 novembre 1700*, livre remarquable d'érudition, Béatrix Saule décrit heure par heure, et du point de vue de Louis XIV, une journée exceptionnelle. Non au sens où l'étiquette, ce rituel sacré, aurait été bouleversée, mais en considération de l'extraordinaire nouvelle annoncée par Louis XIV pendant son Conseil : le duc d'Anjou, son petit-fils, nommé par testament roi d'Espagne. Louis XIV est au comble de la joie. Les seuls mots *À Madrid !*, par lesquels le roi de France va désigner au cocher la destination du carrosse qui doit emporter son petit-fils, allient génialement la simplicité à la mégalomanie. Ils sont dits comme un ordre tout banal – pour un voyage qui durera plus de deux mois et demi ! Mais qu'en est-il pour le garçon de dix-sept ans ainsi expédié dans la capitale d'un royaume auquel il n'avait jusqu'alors jamais pensé ? Est-il survolté par la chance d'avoir été désigné, lui qui, en tant que puîné, n'avait pas été éduqué pour exercer, selon les mots de Louis XIV, « le beau métier de roi » ? Cette journée triomphale pour Louis XIV, qu'ouvre-t-elle pour lui ? Le héros de ce coup de théâtre est partagé entre l'effarement et l'angoisse. Et, tandis que son grand-père répond à sa place en espagnol à l'ambassadeur d'Espagne, le nouveau roi, Philippe V, est broyé par la peine de devoir quitter les siens. « Je croyais que le père et le fils mourraient de douleur tant ils étaient profondément émus », rapporte un témoin. Peu après, lorsque Philippe V apprend que tout est prêt pour son départ, il s'exclame : « Tant pis ! » Mais il n'y a pas que son père, son grand-père, son précepteur Fénelon, ses musiciens, qu'il est malade de quitter, il va y avoir aussi, et surtout, ses deux frères, le duc de Bourgogne et le duc de Berry. Ils ont eu le droit de monter dans le carrosse avec lui. L'étape finale, la ligne des derniers adieux, est fixée sur le bord de la Bidassoa, le fleuve frontière entre la France et l'Espagne. Là, les trois frères sont sommés de se séparer. Ils s'étreignent, en larmes. On doit, à la fin, utiliser la force pour *physiquement* les détacher les uns des autres. *Mentalement*, Philippe V ne se détachera jamais vraiment. Et l'on peut imaginer son accablement quand, à peine installé à l'Alcazar, se déclenche, à l'instigation de l'Autriche, la guerre de Succession d'Espagne, qui va l'obliger à se battre pour une couronne qui, dès le départ, lui pèse. C'est ainsi que, pour lui, la campagne d'Italie se traduit davantage en termes de découvertes musicales (Naples lui apporte la révélation de la musique baroque, il y tombe amoureux des opéras de Scarlatti, des compositions de Corelli) que de stratégie militaire. Malgré la musique, le jeune roi qui, en plus, souffre d'être loin de son épouse adorée, Marie-Louise Gabrielle de Savoie, a des accès de mélancolie. Louis XIV, mis au courant, réagit avec sévérité : « Vous n'avez pas de plus grand ennemi que la paresse [...]. Je vous avouerai avec douleur que, dans le temps que vous vous exposez sans peine aux peines de la guerre, il semble que le courage vous manque pour combattre un vice aussi odieux. » Une réponse qui le rejette plus durement dans sa solitude. Chez Philippe V l'enthousiasme musical se double d'une disposition à la piété qui va devenir peu à peu, dans l'éclairage sombre de la cour d'Espagne et sous l'influence d'une suite de deuils, du mysticisme. Son manque de préparation et de désir pour le métier de roi se change en une profonde horreur : au fil des années, et malgré l'emprise de sa seconde épouse, la très politique Élisabeth Farnèse, il est gagné par la conviction que tout ce qu'il accorde au pouvoir en *ce* monde est autant de retiré à son salut en *l'autre* monde, le Royaume éternel. En proie à cette obsession, il attend que son fils ait atteint l'âge de régner pour pouvoir abdiquer. C'est, à quarante et un ans, son premier acte de liberté. Hélas son fils, Louis Ier, meurt quelques mois plus tard, et Philippe V n'a d'autre choix que de se soumettre à la destinée. Ce sera un tel sacrifice que sa raison, déjà chancelante, s'obscurcit quasi totalement et qu'il ne doit ses brefs moments de sérénité qu'à la voix du castrat Farinelli, qu'il fait appeler chaque nuit et qui, accompagné de trois musiciens, chante pour lui, parfois jusqu'à l'aube.

À la veille du premier tour de l'élection présidentielle, fixé au 27 avril 2017, et tandis que les semaines de la campagne m'ont souvent fait l'effet, à travers des discours divers, d'une frénétique et aveugle course vers la victoire, j'ai eu envie de raconter cette histoire. Elle vient d'une époque lointaine où l'amour de Dieu pouvait donner le désir d'abdiquer – l'amour de Dieu, ou bien, comme dans le cas de Christine de Suède, l'amour de soi : l'orgueil de placer sa souveraineté personnelle au-dessus d'une ambition de pouvoir.

Magie de Malagar

J'ai visité très peu de maisons d'écrivains ; quasi aucune si j'y réfléchis bien, à l'exception du château du marquis de Sade, à La Coste, en Provence (mais dans l'opinion courante il n'est pas classé comme « maison d'écrivain », on le situerait plutôt, si cette catégorie existait, parmi les « maisons de libertins »), et aussi, et cela compte vraiment, la demeure de Jean-Jacques Rousseau aux Charmettes, à côté de Chambéry. Une visite qui m'avait absolument charmée, c'est le cas de le dire, car des pièces, inchangées, émanent un bien-être, une simplicité rurale, et, par chance, un écran de verdure permet de continuer de voir en elle cette maison isolée au creux d'un vallon, asile de l'amour, si chère à la mémoire de Jean-Jacques Rousseau : « J'errais dans les vallons, je lisais, j'étais oisif, je travaillais au jardin, je cueillais les fruits, j'aidais au ménage, et le bonheur me suivait partout... » La maison des Charmettes fait rêver le XVIIIe siècle, le goût de la nature, et surtout l'état amoureux. S'y promenant, on ne songe pas à un écrivain au travail mais à un jeune homme perdu qui, le temps d'une halte auprès de la séduisante

Mme de Warens, eut la révélation, fugitive, d'une union possible entre vie studieuse et volupté. Le séjour aux Charmettes correspond à une pause idyllique dans l'existence errante, tourmentée qu'a menée Jean-Jacques Rousseau. Il est, dans le moment même où il en jouit, le bonheur absolu et représentera pour lui, de plus en plus, le paradis perdu.

C'est également l'impression d'un lieu paradisiaque que l'on éprouve à la vue de la colline sur laquelle se trouvent le domaine-vignoble de Malagar et la maison, devenue grâce à la personnalité de celui qui en hérita et eut pour elle un attachement passionné « maison d'écrivain ». François Mauriac distingue deux types d'écrivains, presque deux races : ceux qui sont du côté de « l'art des villes », et ceux qui se situent du côté de « l'art des champs ». Une ligne de partage radicale (notons qu'il ne mentionne pas un troisième type : « l'art de la mer », sans doute parce qu'il est sans affinité avec la mer, cet « abîme de confusion et de bruit »). C'est dire que Malagar, sa « maison des champs », ainsi qu'il la nomme si joliment, n'est pas seulement une retraite, un havre de tranquillité comme en possèdent beaucoup d'artistes et où ils vont de temps en temps pour se « ressourcer », mais le lieu vital qui le constitue et d'où il écrit : la clef la plus intime de son être. La « maison des champs » lui appartient, mais il est tout aussi vrai de dire qu'il *lui* appartient. Et c'est bien dans l'espace d'une appartenance réciproque, d'une interdépendance violente et tendre, tissée au fil des années, et même des siècles, que l'on pénètre quand on met le pied à Malagar.

C'est une journée particulièrement lumineuse, ensoleillée mais aérée, dans un équilibre subtil entre la verdeur aiguë du printemps et la plénitude de l'été. Et ce qui d'abord ravit l'œil sous l'azur léger du ciel, ce sont les multiples nuances de vert, les variations de feuillages, le vert vif des vignobles, celui plus mat de l'herbe des chemins, et cette admirable texture ondulante et soyeuse de la prairie devant la maison. Et il me vient un souvenir de Mauriac à l'âge de trois ou quatre ans, une scène, comme un éclair : « Ce saltimbanque sur la route qui nous appelle, et mes frères qui fuient, et moi je remonte en larmes la grande prairie de Malagar, me croyant poursuivi. » Écoutant le bruit du vent dans les arbres, caressant la prairie, je crois voir le petit garçon, pas tellement plus haut que les herbes, courir vers l'abri de la maison et de sa mère, courir vers l'abri apaisant, nourricier, et y trouver consolation.

Une fois entrée, je ne perds pas l'image du petit garçon car l'intérieur de la maison est resté intouché, saisi dans le vertige d'un temps arrêté – arrêté mais non mort. Un temps suspendu, un temps merveilleusement vibrant. De même que la maison par sa double exposition offre une infinité de paysages (d'une pièce à l'autre on se déplace dans leur changeante lumière et leurs perpétuelles métamorphoses), de même, elle recèle aussi, plus mystérieusement, d'infinies virtualités de voyages dans le temps. À la différence des Charmettes, qui brillent dans la mémoire de Rousseau avec l'éclat fixe d'un bonheur à jamais disparu, Malagar nous parle d'un temps qui est à la fois ancré dans un passé lointain par la présence d'objets réunis au gré des circonstances

(« ces épaves qu'ont laissées partout ici, en se retirant, les pauvres vies oubliées d'avant ma vie ») et orienté vers l'inconnu, vers la suite des générations et le renouvellement des saisons, vers le travail de l'écriture et le miracle de l'existence – et de la perpétuation des lecteurs.

Mauriac, lorsqu'il parcourt la maison, la cour, les charmilles, s'assoit sur le banc de la terrasse, traverse un volume d'images et d'émotions : « Je ne parviens pas, écrit-il, à dégager ces murs, ces tuiles que mes yeux voient, de tout ce qui ne se voit pas et qui en renouvelle indéfiniment pour moi seul la presque insupportable beauté. » Étrangement, et c'est sans doute au cœur de la magie de Malagar, même pour qui le découvre pour la première fois, quelque chose de ce qui ne se voit pas vous apparaît et vous porte au plus près de cette « presque insupportable beauté ».

Je préfère vivre en couleur

C'est la rentrée, on ne cesse de nous le seriner. Rentrée scolaire, rentrée littéraire, rentrée tout court. Dans les magasins, depuis des semaines, la saison des vêtements légers est passée. Finis maillots de bain et sandales. Ils ont disparu, remplacés par les manteaux, les écharpes et les bottes. Nous étions *sortis*. Nous nous étions gaiement dispersés, dans les prairies, au bord de rivières, sur des sommets, à la plage, dans des villes étrangères, ou des trous perdus. Nous étions *dehors*, à nous ressourcer, tranquilles, oublieux des notions de réunion, d'emploi du temps, de projet et dossier, loin de l'angoisse de se montrer performant et du stress de la date limite, si loin (au moins dans nos têtes) que, justement, la date limite des vacances nous ne l'avons pas vue venir : elle nous est tombée dessus. Elle nous a rappelés à l'ordre – l'ordre de *rentrer*. Il n'est pas précisé où. Il y a seulement le mouvement inverse de celui qui, un mois plus tôt, nous avait propulsés tous azimuts, nous avait soufflé de prendre le large… Quant à moi, c'est avec un terrible sentiment de déchirement que je me suis arrachée au rivage de l'été, que j'ai mis fin au rite du bain matinal, et, plus tard dans la journée, aux après-midi d'écriture, aux promenades du soir, au luxe de suivre avec attention, sensible à la moindre nuance, le spectacle indéfiniment neuf du coucher de soleil.

Je suis revenue en ville, je suis rentrée à Paris. Un retour qui souvent va de pair avec des images de grisailles. Elles s'imposent avant que l'avion atterrisse. On a beau scruter le paysage à travers le hublot, la terre sous d'épaisses couches de nuages demeure invisible. Et lorsque, enfin, on a touché le sol, c'est encore le gris qui, sous une forme moins vaporeuse, l'emporte : immeubles et toits d'ardoises, trottoirs humides d'une pluie récente. Une teinte parfois considérée comme élégante (gris perle, ou gris Trianon), mais plus généralement associée à l'indistinct caractéristique de la dépression ou à la mélancolie, laquelle vous tire vers le gris anthracite et peut même vous conduire à broyer du noir. Mon arrivée, hélas, se trouvant du côté du gris, je décide, à peine mes bagages posés, de sortir – pas trop loin, pas question de prendre la poudre d'escampette, c'est la rentrée. Je feuillette *L'Officiel des spectacles* et constate que la rétrospective David Hockney est toujours là. Et, en plus, au Centre Beaubourg, où j'ai toujours plaisir à aller, en particulier pour le musée. Grâce à sa structure tout en verre, j'ai l'impression que l'exposition commence dès avant l'entrée dans les salles, qu'elle débute avec la montée par les escaliers roulants, le long des parois transparentes. On s'élève ainsi en douceur vers un point de vue aérien, un panorama de toits et de coupoles dont le gris dominant apparaît maintenant, en relation avec le ciel, non comme une incitation à la tristesse, une misère ou un pis-aller visuels, mais comme une vraie couleur. Parfaite introduction à l'œuvre de l'octogénaire et souriant David Hockney, à un trajet biographique et pictural décidément et allègrement tendu vers le triomphe de la couleur, dans un maximum d'évidence et de simplicité.

« *I prefer living in color* » (Je préfère vivre en couleur), a déclaré David Hockney et il l'a prouvé très tôt. Né dans l'ouest de l'Angleterre, à Bradford, ses premières toiles, comme celles de Van Gogh, sont dans les teintes brunes ou vert foncé de la campagne alentour. Pourtant déjà sur un autoportrait de 1954 (il a seize ans) le jeune homme compense la monotonie de son environnement natal par les touches vives de son habillement. Mais c'est avec sa découverte de l'Amérique, et d'abord de New York, qu'il chasse les ombres et décolle dans la pleine clarté. Premier geste, frivole mais significatif : se teindre les cheveux en blond (une publicité proclame : *Blondes have more fun*). Sa réécriture des célèbres gravures du XVIIIe siècle de W. Hogarth, *The Rake's Progress* (*La Carrière du débauché*), dit bien la double révélation artistique et érotique qu'est pour David Hockney, dans les années soixante, son exploration de la vie new-yorkaise. La lumière de New York séduit David Hockney, mais son goût pour un univers de soleil et de sensualité, de surfaces lisses, de moments immobiles, le conduit à s'installer en Californie.

Parcourir cette magnifique exposition, c'est s'avancer dans la couleur bleue, ou plutôt nager – nager dans une eau turquoise, plonger dans un étoilement d'écume, puis s'allonger en bord de piscine et se laisser porter par le bien-être de l'instant, par le pur bonheur de la couleur à nu… Je suis rentrée, c'est vrai, mais, rêvant devant *Sunbather*, *Portrait of an Artist*, *A Bigger Splash*, ou *Steps into Water*, je retrouve tout ce que je croyais avoir perdu.

Le goût de la vitesse

Parmi les choses qui enchantent Giacomo Casanova lors de sa découverte de Paris dans les années 1750 il y a, outre un sens de l'hospitalité à l'égard de l'étranger et la liberté des femmes (je précise qu'il rencontre surtout des comédiennes et des aventurières), le plaisir de conduire à toute allure le long de la Seine, dans les quartiers agrestes du Marais, et même dans l'entrelacs des ruelles de la Cité. Dès que ses affaires commencent à prendre bonne tournure grâce au succès de la loterie royale il loue une belle maison à l'extérieur de Paris, au-delà des barrières de la ville, où d'ailleurs tout coûte moins cher. Elle s'appelle « la Petite Pologne ». Casanova y mène joyeuse vie. Il multiplie les fêtes, les invitations à souper, et, à l'occasion, prête sa maison à ses amies lorsque celles-ci ont besoin d'un lieu où abriter leurs liaisons clandestines. Car Casanova se montre jaloux et possessif lorsqu'il est amoureux, mais hors ces phases sentimentales il est volontiers complice du désir d'autrui. Cette maison de campagne offre par sa situation excentrée l'avantage de la discrétion, en même temps elle n'est pas si éloignée du centre de la ville qu'il faille des heures pour s'y rendre. À la différence, par exemple, du château de Versailles, qu'on atteint alors à partir de Paris et si l'on prend un service régulier en trois heures ! Casanova dans *Histoire de ma vie* évoque ainsi cette période heureuse de « la Petite Pologne » : « Je demeurais à la campagne, et dans un quart d'heure, j'étais partout où je voulais dans la ville. Mon cocher allait comme le vent, mes chevaux étant de ceux qu'on appelle enragés, faits exprès pour ne pas être épargnés. Des chevaux pareils, rebuts de l'écurie du Roi, étaient un luxe. [...] Un des plus grands plaisirs de Paris est celui d'aller vite. »

Aller vite, aller comme le vent, avec le vent, avec la sensation de l'air sur votre visage, dans vos cheveux, et le monde que l'on traverse sans rencontrer d'obstacles, comme dans un rêve... Si j'essaie de penser à mes plus vives, et plus anciennes, impressions de vitesse il me vient en premier celles éprouvées, enfant ou adolescente, à bicyclette. Dans l'accélération de la descente, lorsque la bicyclette part toute seule, qu'elle s'emballe, tel un cheval fou, un cheval « enragé », et qu'il nous revient non plus de faire l'effort de pédaler, mais au contraire d'empêcher que le vélo, échappant à notre contrôle, nous envoie dans le décor. C'est aussi une sensation de danger proche, de catastrophe évitée de justesse. D'écrire ces mots fait surgir aussitôt dans mon esprit l'autre pratique sportive qui, pour moi, est l'incarnation même du goût de la vitesse : je veux dire le ski. Il y a un plaisir incomparable à glisser sur la neige, dévaler les pentes, évoluer dans un air délicieusement pur, toute résistance abolie.

Cette fièvre de vitesse, elle brûle les fous de l'automobile (et dangers publics), lesquels, comme Françoise Sagan, dépassent les limites fixées, accélèrent, foncent, bref, selon la juste expression, conduisent « à tombeau ouvert ». La passion d'aller vite, toujours plus vite, implique souvent le piment d'un jeu avec la mort, l'excitation d'un « sans lendemain ». Elle est une forme de drogue. Elle s'ajoutait, en effet, dans le cas de la romancière, à son usage. Et je lis dans le livre d'Anne et Claire Berest, *Gabriële*, histoire de l'épouse du peintre Picabia, que celui-ci, accro à l'opium et à la cocaïne, l'était aussi à l'automobile. Il en collectionne au cours de sa vie plus de cent cinquante ! Des voitures de course, décapotables. Car le plaisir d'aller vite s'accroît d'un contact physique avec l'extérieur. Ce pourquoi, au temps où les fenêtres de train pouvaient s'ouvrir, il était si plaisant de mettre la tête au-dehors, d'exposer, yeux fermés, son visage au souffle violent du soleil ou de la nuit.

Mais, depuis longtemps, le train a rejoint l'avion dans sa fermeture hermétique. On entre, on s'installe, la machine se referme sur nous comme un coffre-fort et nous envoie, en un temps record toujours susceptible d'être amélioré, à notre destination. Et plus la vitesse est grande, moins la sensation physique d'aller vite se fait sentir. Les deux, avion et train, partagent cet idéal de procurer un voyage lisse dans lequel l'extrême rapidité se traduit pour le passager par une étrange sensation d'immobilité. Le paysage, nuages, campagne, file en images trop fugitives pour s'inscrire dans notre mémoire. Et quand survient de l'imprévisible, il est du côté des empêchements et inconvénients, qu'il est demandé, si c'est encore possible, de subir avec « compréhension ».

Le plaisir d'aller vite, en avion, en TGV ou LGV, est désormais surtout mental. Nous l'évaluons sur le cadran de notre montre. Et c'est à nous à l'arrivée d'utiliser au mieux ces heures gagnées sur la lenteur des époques dépassées. De leur donner corps et saveur. En faisant quoi, me demanderez-vous ? Eh bien peut-être : Rien. En se contentant, au sortir de l'aéroport ou de la gare, de faire une pause, d'aller s'asseoir à la terrasse d'un café, de regarder autour de soi, en soi – et de jouir du moment.

Pour Hugo Pratt

C'est un de ces matins de début d'automne qui réussissent si bien à vous communiquer l'excitation de se sentir vivant. Je vais prendre un train pour me rendre aux « Rendez-vous de l'Histoire » à Blois. Je songe aux retrouvailles avec des amis, aux rencontres avec un public, amateur ou professionnel, mais toujours passionné, au grand escalier du château, aux jardins en espaliers… Je pénètre dans la gare d'Austerlitz en pensée déjà sur les bords de la Loire, mais, alors que je suis en train de chercher un panneau d'affichage, je perçois une présence. Je lève la tête dans sa direction et découvre, très haut, au-dessus de l'issue qui mène aux quais, Corto Maltese, son anneau d'or à l'oreille, sa casquette de marin, son air d'insolence et de mystère. Corto Maltese, le célèbre héros de la bande dessinée de Hugo Pratt. Il s'avance en sens inverse, seul au milieu d'une foule asiatique, seul et déterminé à le rester, quoique toujours prêt à écouter sa curiosité, à croire aux fables, à se jeter dans les pires dangers, quitte à se demander, comme ça lui arrive souvent : Mais qu'est-ce que je suis venu faire dans cette histoire ?

En regardant mieux autour de moi, je réalise que Corto Maltese occupe tout l'espace de la gare. Il surgit de partout, reproduit dans des tailles diverses, de loin, de face, de profil, en gros plan, devant la mer, sur un quai de Venise, dans un bordel de Buenos Aires ou un campement en Éthiopie. Et dans tous ces lieux, dans les situations les plus extrêmes, il multiplie les séductions sur son passage, comme malgré lui, sans quitter sa rêverie, sans oublier de contempler la lune. Car l'une des caractéristiques de cet étrange aventurier, tour à tour romantique et cynique, distant et cogneur, est son égale disposition à musarder et à se battre, à passer du temps dans la compagnie des livres et à foncer dans l'action.

Hugo Pratt, qui lui-même était autant fasciné par les bibliothèques que par les champs de bataille, avait un talent unique pour montrer le déchaînement de la violence ; pour mettre le lecteur au plus près d'un corps-à-corps avec l'ennemi, avec la Mort. Usant d'une manière géniale des contrastes entre le noir et le blanc et des pouvoirs de l'abstraction, il casse la continuité implicite dans le terme de *bande* dessinée. L'image se fend, se morcelle, se déchiquette. Elle explose dans la stridence d'un cri – de guerre, de souffrance, de joie… Un cri muet. On tourne la page, et l'on n'entend rien d'autre que le son léger du papier, tandis que Corto Maltese continue de tirer à bout portant sur un spectre et que Raspoutine, son ami ennemi (ou l'inverse), lance une bombe sur un sous-marin allemand.

Tiens ! Justement le voici, Raspoutine, hirsute, les yeux fous, incontrôlable, et d'une totale méchanceté.

Lui aussi fait partie de l'exposition, ainsi que Caïn et Pandora, Tarao, le Moine, Venexiana Stevenson, Louise Brookszowyc de Varsovie et Bouche Dorée de Bahia. Ils sont tous là, venus célébrer l'anniversaire des cinquante ans de la première apparition de Corto Maltese dans *La Ballade de la mer salée*. Ils fixent en silence les voyageurs d'aujourd'hui, lesquels, nullement troublés, achètent un sandwich, consultent leur smartphone, envoient SMS sur SMS, pianotent *à bientôt*, *à tout à l'heure*, *je t'embrasse*, *je t'aime*, *achète du pain*, *la réunion s'est bien passée mais pas mon mal de tête*, *bisous*, *ciao* et s'acheminent vers leur destination. Ils se pressent, affairés, sous le panneau *Embarquez-vous avec Corto Maltese*. L'ont-ils vu ? Ont-ils éprouvé la tentation de prendre le large, de larguer les amarres, et que ce voyage soit une porte ouverte sur l'inconnu ? Corto Maltese, à l'heure du départ, ressent la tristesse mais n'essaie pas de colmater la séparation. Il disparaît d'un coup. Hugo Pratt avait la même soudaineté dans sa manière de partir. Il s'en allait à l'improviste, brusquement, sans dire vers où, et comme pour toujours. Sauf, une fois, la dernière, lorsque, se sachant très malade, il m'a donné rendez-vous à Venise. Nous avons pris un verre dans le bar d'un grand hôtel un peu à l'abandon. Il m'a montré dans le hall une boîte aux lettres en bois, depuis longtemps inutilisée, et m'a dit : « C'est ici que tu posteras tes lettres pour moi… plus tard. »

Le temps des fêtes

Même si je vivais hors calendrier, comme cette dame qui m'a demandé un soir, dans une rue, quel jour nous étions, il me suffirait de regarder autour de moi pour constater que nous approchons à grands pas des fêtes de fin d'année, ou plutôt que nous y sommes. Les décorations scintillantes, les sapins, la musique, les vitrines blanchies de fausse neige, éclairées d'étoiles, tout m'indique que Noël est là, bientôt suivi de la nuit du 31 décembre par laquelle nous basculons dans une nouvelle année. *Les* fêtes : un pluriel qui, synonyme d'abondance, pourrait signifier un redoublement d'allégresse, alors qu'il se révèle parfois difficile à vivre. Pour certains cela touche à la corvée (au sortir de la bibliothèque de Beaubourg, j'entends une jeune femme s'exclamer : « Ce que je fais à Noël ? L'horreur ! Je le passe avec *sa* famille, comme d'habitude ») en raison de leur caractère inéluctable, répétitif – en particulier Noël, dont la supposée magie risque d'être amoindrie, sinon annulée, par le poids des obligations familiales et des non-dits qui les empoisonnent. S'y ajoute, pour lui retirer de son pouvoir d'enchantement, son lien explicite avec le pouvoir d'achat. Sur l'écran de mon ordinateur ne cessent d'apparaître, et de réapparaître, les offres les plus disparates comme : *Plongez dans un Noël douillet, peignoirs moelleux, plaids chauds* ; *Paniers gourmands* ; *Packs de nuits d'hôtel* ; *Bouquet Réveillon* ; *Coffret rouges à lèvres* ; *Ballotin de chocolat* ; *Tops parfums* ; *Rising star palette* ; *Sélection de jeux de plein air, des cadeaux pour les plus grands et pour nos animaux* ; *Idée cadeaux de Noël : les bouteilles personnalisées* ; *Ce Noël, offrez l'aventure en bouteille* ; *Ma Petite Culotte : enfin un cadeau original* ; *C'est parti pour le rush de Noël*, etc. La liste est infinie. Elle transforme l'horizon en un piège à consommation.

Si la perspective des fêtes peut saper le moral, ce n'est pas seulement parce que toute une imagerie stéréotypée s'emploie à célébrer la chaleur du foyer (« Noël réussi, Noël réuni », martèle la publicité) et, par là, à accroître chez ceux qui restent en dehors, dans le froid, l'angoisse d'isolement (au moment où ceux qui sont à l'intérieur rêvent de s'évader), c'est aussi que l'idée même de fête est contradictoire avec le planning du calendrier et avec des notions d'obligation morale. La fête dépasse les prévisions. Elle s'accomplit dans l'excès, la dépense immodérée, le délire de l'ivresse, du chant, de la danse. L'empilement de bouteilles non personnalisées. La fête est un *potlatch*, une féerie sans lendemain. À l'ouverture, en 1978, de la célèbre boîte de nuit Le Palace, son propriétaire, Fabrice Emaer, avait promis une ambiance surréaliste, propice à l'esprit de fête, c'est-à-dire au goût du déguisement, au sens de l'éphémère. Et Roland Barthes, qui fréquentait le Palace, peut-être comme antidote au Collège de France, avouait être séduit par l'envie de fête, « cette sommation inouïe de plaisir ». Il reconnaissait aussi n'y pas parvenir complètement. Gageons qu'une partie de lui ne pouvait s'empêcher de garder quelque lucidité sur la réalité d'un lendemain avec des cours à assumer, des textes à écrire. Le contraire du régime extatique et brûlant de l'inouï.

Le « sans lendemain » est exaltant, violent, et il est jouissif de l'expérimenter, à condition de ne pas en faire une drogue. Car alors, à l'ennui du retour obligé de la fête, une des assises importantes de la société assurant sa cohésion et sa durée, se substitue une suite de flambées d'énergie, discontinue, hors contrôle, et plus ou moins secrètement désespérée. Le temps des fêtes peut être pour nous l'occasion de chercher le bon dosage entre la conscience d'un lendemain et l'ivresse de l'oubli, l'acceptation d'une répétition et l'inattendu de la joie.

2018

Paterson

Rien de moins spectaculaire que *Paterson* (2016), le dernier film de Jim Jarmusch. Pourtant il charme et emporte bien davantage qu'un film d'action, bourré de poursuites folles, de meurtres et d'explosions. Paterson est le nom d'une ville du New Jersey, c'est aussi, dans le film, le nom du principal personnage et « héros » de cette histoire qui suit, jour après jour, et quasiment heure par heure pendant une semaine, le déroulement de son existence. Pour être scotché à ce film, il faut, se dit-on, qu'il soit traversé d'une tension dramatique. Or, justement, non. Il s'agit, selon le projet de son réalisateur, d'un film sans drame (Jim Jarmusch a raconté dans une interview que, petit, sa mère, lorsqu'elle était occupée, le déposait dans un cinéma spécialisé dans les films de monstres et d'horreur ; ce qui l'a peut-être vacciné contre ce genre de frissons !).

Paterson, jeune homme timide, renfermé, mutique, habite avec sa femme, Laura, dans une petite maison, semblable à des milliers d'autres. Conducteur d'autobus il se lève chaque matin à six heures quinze, enfile ses vêtements repassés de la veille, avale ses céréales, fait à pied le trajet vers le dépôt d'autobus et, à la minute près, démarre son véhicule. Il déjeune vite, reprend son parcours régulièrement ponctué d'arrêts, de gens qui montent et descendent. Comme ça jusqu'au soir. Retour à la gare des autobus, trajet en sens inverse jusqu'à chez lui, d'où il ressort aussitôt pour promener le chien, Marvin, un bouledogue fou de sa maîtresse et, partant, odieux avec lui. Tous les jours, dans la nuit, le même tour de quelques blocs d'immeubles avec une pause à son bar habituel. Un bout de conversation avec le tenancier du bar, un verre de bière qu'il laisse inachevé, puis il détache Marvin, bouillant d'hostilité non exprimée, rentre dîner, se couche, pour se réveiller le lendemain à six heures quinze. Ainsi de suite du lundi au vendredi. Quel ennui, me direz-vous ! Et s'il n'y avait effectivement que cela, vous auriez raison. Mais l'existence, de l'extérieur si plate du conducteur d'autobus, comprend deux éléments qui, sans entamer l'implacable déroulement de son emploi du temps, sans briser la monotonie apparente de ses jours, les transfigurent, deux forces dotées des plus grands pouvoirs de joie et de métamorphoses : l'amour et la poésie. En effet, le jeune Paterson et la belle Laura sont amoureux et ils s'aiment dans une entière acceptation de leurs différences. Laura est aussi fantasque et extravertie que son époux est sérieux et angoissé. Sa fantaisie ne cesse de ravir celui-ci, non parce qu'elle le sauve d'une grisaille intérieure mais parce qu'elle s'accorde à la partie la plus secrète et la plus vivante de lui-même : sa passion de la poésie. Dès son réveil et jusqu'à ce qu'il tombe dans le royaume des rêves Paterson garde à portée de main son cahier de poèmes. Ils s'inscrivent à même l'écran comme les notes sur une page blanche, ou bien ils occupent ses pensées et c'est en voix off qu'ils accompagnent les images de son quotidien : la ville, les passants, la succession hétéroclite de buildings flambant neufs, de maisons modestes, de magasins, de terrains vagues et d'usines en ruines, et la seule attraction touristique de Paterson : les chutes de la rivière Passaic. La seule, vraiment ? C'est oublier que *Paterson* avant d'être le titre d'un film est celui d'un vaste et génial poème publié entre 1946 et 1958 et conçu par son auteur, William Carlos Williams, médecin à Paterson, comme le premier grand texte *en langue américaine quotidienne* – un texte « écrit à l'oreille », une œuvre aux cadences changeantes où se rencontrent en un montage audacieux phrases, musiques saisies au passage, panneaux publicitaires, documents sur le passé colonial et industriel de la ville. Le *Paterson* de Jim Jarmusch est un hommage à l'entreprise inaugurale de William Carlos Williams – et aussi au poète de la beat génération Allen Ginsberg, qui est né à Newark et a grandi à Paterson, et qui voyait en William Carlos Williams son ami et mentor. Plus qu'un hommage, il est un manifeste en faveur d'une poésie pratiquée non pour fuir la réalité quotidienne mais pour l'approfondir, la savourer, en déceler les variations. Une poésie ouverte à chacun et qui n'exige pour s'inventer qu'une curiosité toujours en éveil.

En lisant, le 31 octobre 2017, la nouvelle d'un attentat à New York dans un défilé de Halloween, j'ai appris aussi le nom du terroriste, Sayfullo Saipov, Ouzbek d'origine, son métier : chauffeur de taxi, et qu'il était domicilié à…

Paterson. « L'Histoire, selon Karl Marx, se répète, tout d'abord comme une tragédie, après comme une farce. » Sans doute. Sauf que, parfois, c'est le contraire : une comédie se répète en tragédie, le goût de la vie s'inverse en fanatisme de mort. Ici, dans les mêmes rues d'une quelconque ville américaine, un conducteur de bus poète se change en un chauffeur de taxi assassin et, sur l'écran noir de nos nuits blanches, *Taxi Driver* de Martin Scorsese efface *Paterson*.

Les reines du Luxembourg

Faisant un tour dans le jardin du Luxembourg je constate encore une fois combien, même en hiver, ce lieu est magnifique. L'absence de feuillage accentue la netteté du dessin des branches, leurs torsions et angles ; elle donne une autre dimension, plus vaste, au bassin, rend plus visible le miroir de sa surface. Et, comme toujours quand je me promène ici, j'accorde une attention particulière aux statues des reines et femmes remarquables. Elles sont hautes et belles, certaines célèbres, certaines inconnues. Celles dotées du titre de reine (alors que la loi salique interdisait en France l'accès d'une héritière au trône) portent couronnes et sceptres, et, souvent, de longues tresses. Elles font partie de l'ensemble des vingt « reines, saintes et dames illustres » dont les sculptures se répartissent de part et d'autre des grands parterres. Des œuvres réalisées, sous la monarchie de Juillet, à partir de 1843. Et, m'apprend aussi le petit écriteau, les femmes ainsi sélectionnées l'ont dû « à leur rôle marquant dans l'histoire de France, leur vertu ou leur renommée ». L'idée directrice de cette entreprise étant d'établir par cette série de figures féminines d'exception un équilibre avec les statues d'hommes illustres exposées au palais du Louvre. Hommes et femmes illustres étaient supposés se répondre dans une communauté de rôles décisifs, une égalité d'aventures exemplaires. Une idée sympathique, pour sûr, mais qui me laisse songeuse tandis que je contemple tour à tour la reine Berthe, la reine Mathilde, Marie Stuart, Jeanne d'Albret, Blanche de Castille, sainte Geneviève, Clémence Isaure… Très peu en vérité ont réellement marqué leur époque, puisque l'histoire n'a accordé jusqu'à maintenant quasi aucun rôle politique aux femmes et que celui dont pensent jouir les hommes est davantage un jeu avec des forces en présence, un art de déchiffrer à temps des conjonctures, qu'un pouvoir personnel effectif. De toute façon, ces dames en ont bien fini avec tout effort pour conduire leur destinée. Depuis longtemps, les arbres sont leurs plus proches voisins, en compagnie de qui elles traversent saisons et intempéries. C'est pourquoi elles ont de larges taches sombres sur le corps, et leur socle est par endroits couvert de mousse. Elles ne peuvent que la subir : le stoïcisme est une de leurs vertus de base. La résignation, l'endurance, tout ce qui permet d'affronter le pire sans se plaindre. Mais leur égalité d'âme n'est pas davantage émue par les occasions de se réjouir. J'en ai la preuve à l'instant. Car après des semaines et des semaines de pluie, il se produit cet événement : les nuages s'écartent, un morceau de ciel bleu apparaît et tout le jardin scintille. Reines, sages et saintes brillent soudain d'une blancheur éclatante. Nul doute que ce rayon de soleil miraculeux ne touche primevères et crocus, dans l'impatience de fleurir. Mais à elles, les hautes dames du temps jadis, il ne fait ni chaud ni froid. Leur visage aux yeux vides ne trahit aucune émotion. J'ai une préférence pour Anne Marie Louise d'Orléans, duchesse de Montpensier, dite la Grande Mademoiselle. Je m'attarde auprès d'elle, la photographie, lui donne quelques nouvelles (il y a boulevard Saint-Michel une manifestation d'étudiants, des cars de police ferment les alentours). Car au fond, me dis-je, si les artistes ont privé ces femmes de regard et de parole, rien ne prouve qu'elles ne soient pas douées d'une ouïe excellente. Et j'en ai le vertige d'imaginer tout ce qu'elles ont dû entendre, de conversations folles, de discours de drague, de serments d'amour… J'imagine. Pas longtemps. La face impavide de la duchesse de Montpensier me ramène à la réalité : ces belles statues n'ont été plantées là que dans un but décoratif, en un hommage purement formel. Y chercher un éventuel foyer d'ardeur féministe est absurde. Je me dirige vers la sortie et, juste sur le point de rejoindre les luttes du dehors, découvre, seule et peu visible, une statue de George Sand. Elle est habillée d'une robe élégante, avec sous son bras quelques discrets feuillets. Une image conventionnelle, rassurante. Alors que dans les années mêmes de la commande officielle des vingt reines et dames vertueuses, elle prend la pleine commande de son existence. Elle quitte le nom d'Aurore Dupin, signe ses livres sous celui de George Sand et s'habille volontiers en homme. Elle s'enchante de ses bottes aux talons ferrés : « J'étais solide sur le trottoir. Je voltigeais d'un bout de Paris à l'autre », écrit-elle triomphalement. Elle voltige dans Paris, dans Venise. Au grand scandale de ses contemporains, George Sand voyage, aime, écrit selon son désir. Et si c'était elle la vraie reine du Luxembourg ?

Un homme à projets

J'ai rendez-vous à la bibliothèque Richelieu pour une émission de télévision sur Venise, et donc sur Casanova. Il y a une petite équipe qui attend dans le « salon d'honneur » pour filmer des pages du manuscrit du célèbre aventurier devenu écrivain à la fin de sa vie… Chassé de la république de Venise pour un pamphlet d'une extrême violence, Casanova se retrouve en 1783 errant et sans attaches. Dans sa rage contre sa ville natale, il publie à Vienne un opuscule dans lequel il prophétise pour le 25 mai la destruction de Venise par un tremblement de terre ! Mais, très vite, l'angoisse l'emporte. Ce qui dans sa jeunesse l'a enchanté : partir, libre, ouvert à tout, maintenant l'effraie. Avec lucidité, il constate : « J'ai cinquante-huit ans ; je ne peux m'en aller à pied : l'hiver arrive brusquement. Et si je pense à redevenir aventurier, je me mets à rire en me regardant au miroir. » Il doit faire une croix sur les ressources de la séduction physique ; restent celles de la séduction intellectuelle. Certes, il n'en manque pas, mais leur mise en œuvre est souvent problématique. En quête de moyens de survie, il traverse à nouveau l'Europe, repasse par Vienne, Aix-la-Chapelle, Paris, Bruxelles, revoit d'anciens amis. Il tente par les moyens les plus divers de provoquer la chance, ou plutôt d'intéresser des investisseurs. Il propose ainsi de relancer une loterie, de créer une gazette, de mettre sur pied une expédition pour Madagascar, ou encore de creuser un canal de Narbonne à Bayonne : cette vaste entreprise « serait, écrit-il, l'occasion pour Louis XVI de laisser un grand monument de sa gloire ». Cette fureur de projets, il l'a toujours eue. Il avait, par exemple, communiqué des idées à la république de Venise pour fabriquer des teintures magnifiques, et au gouvernement espagnol pour la création d'une manufacture de tabac râpé. En Russie, il avait établi un programme d'agriculture comportant l'accoutumance des animaux de pays chauds (chameaux, vaches des Indes, cochons de Chine, ânes arabes, etc.) aux pays froids ! En Pologne, à Varsovie, il avait voulu établir une fabrique de savon « meilleur que celui de Marseille, et par conséquent meilleur que tous les savons, qui aura la qualité de passer la ligne équinoxiale sans se fondre, qui sera beau, blanc, rouge, bleu, vert, noir, marbré, dur, liquide à choix, parfumé, et simple ». De l'échec de tous ces projets, Casanova, tant qu'il se sentait jeune, s'était peu soucié. Mais une fois passé l'âge de séduire, il perd sa désinvolture. En 1785, il est acculé par la misère, à bout de ressources ; et c'est alors qu'il est sauvé, doublement, par le livre. D'abord, en obtenant dans un château de Dux (actuellement en Tchéquie) le poste de bibliothécaire d'une bibliothèque de quarante mille ouvrages ; ensuite, en se lançant dans l'ultime projet auquel il se voue : écrire en français ses Mémoires.

Tandis que M. Charles-Éloi Vial, conservateur, vient de déposer un des livres du manuscrit sur la table du « salon d'honneur » (où se trouve enfoui, à l'intérieur d'une statue de Voltaire, son cœur embaumé) et que j'ai sous les yeux les grandes et belles pages couvertes de l'écriture si claire et élégante de leur auteur, je songe aux avatars rocambolesques de ce manuscrit. En effet, légué par testament au mari de la sœur de Casanova, le manuscrit est vendu par la famille en 1821 à un éditeur de Leipzig, Brockhaus. Celui-ci décide de mettre sur le marché une traduction allemande, expurgée des passages les plus osés. Et bientôt circule une édition pirate traduite de l'allemand en français. Ce qui amène Brockhaus à publier le texte français, mais corrigé. Personne n'aura accès au texte original (sauvé de justesse des bombardements en 1943, puis transporté en 1945 dans un camion militaire américain à Wiesbaden !) jusqu'à la première édition Brockhaus-Plon du « texte intégral du manuscrit original » en 1960 !

Casanova, un écrivain contemporain donc. Et, de loin, le plus fort en affaires ! Voyez seulement la suite : en 2007, l'éditeur Brockhaus se déclare prêt à négocier la vente du manuscrit. Bruno Racine, alors président de la Bibliothèque nationale de France, alerté par l'ambassadeur de France à Berlin, M. Claude Martin, se rend à Zurich pour aller voir, dans la zone franche de l'aéroport, les douze boîtes des 3 768 pages du texte. En 2009, la BNF peut faire, grâce au don d'un mécène anonyme, l'acquisition du manuscrit. Pour le prix de 7,25 millions d'euros. Le manuscrit le plus cher du monde… C'est vraiment réjouissant, me dis-je, caressant du bout du doigt ces feuillets aux filigranes en forme de cœur, que Casanova ait enfin trouvé, non plus par des projets fantastiques mais par le seul récit de l'histoire de sa vie, le mécène idéal.

La beauté des rides

Au nom de l'égalité une nouvelle révolution féministe est en marche. Égalité dans la possibilité de se déplacer sans crainte ni angoisse, de jour comme de nuit, dans sa ville, sa banlieue, sa campagne, sur son chemin de bord de mer, son sentier de montagne, et au-delà dans le vaste monde. Égalité de salaire au travail. Et d'accès à *tous* les postes, pas seulement à ceux qui sont plutôt réservés aux femmes – soit parce qu'ils ne mettent pas en question la supériorité masculine, soit parce qu'ils font appel directement ou indirectement à l'atout du charme. Que ces deux combats, dans l'espace public et dans l'espace professionnel, aboutissent serait déjà un énorme progrès. Mais il est d'autres égalités à conquérir, encore tenues sous silence, secrètes, difficiles à détecter : je pense à l'égalité dans l'espace privé, dans la relation de couple ou à l'intérieur de l'enceinte des familles, là où les glissements entre stabilité et enfermement, protection et oppression, sont courants et d'autant plus délicats à contrer qu'ils reposent sur la durée et impliquent souvent de la part de la victime une complicité forcée. Je pense aussi à un registre encore non évoqué, peut-être en raison de son ancrage dans un passé immémorial (et du poids économique de l'industrie des produits de beauté) : l'égalité devant le temps, la liberté d'afficher son âge à son gré – de sortir de ce qui nous est présenté comme une évidence de nature : un homme vieillissant ne perdrait rien de sa beauté et même se doterait d'un surcroît d'attrait (le fameux charme des tempes argentées) tandis qu'à l'opposé une femme vieillissante est précipitée droit au degré zéro de la beauté et à l'exclusion, plus ou moins brutale, de la sphère de la séduction. Autrement dit : pourquoi entre les hommes et les femmes une telle inégalité devant les rides ?

Je suis allée un soir à Berlin boire un verre au Becketts Kopf, un bar à cocktails. J'ai hésité un moment entre le Monkey Gland, le Lusitanian et le Blood and Sand. Ceci sous une photographie du grand écrivain irlandais. Tout en lisant la description des breuvages j'admirais le visage de Beckett, éclairé de ses yeux clairs perçants, et creusé d'un profond réseau de rides. Sa beauté s'impose. La tête de Beckett vaut le détour, comme celle de Humphrey Bogart ou de Jean-Louis Trintignant dans le dernier film de Michael Haneke, *Happy End*, ou de beaucoup d'autres acteurs et artistes. Du côté des femmes, je pensais à ces beaux visages de personnes âgées et marquées par l'âge, celui de la romancière Nathalie Sarraute (décédée à quatre-vingt-dix-neuf ans), ou bien de l'artiste américaine Georgia O'Keeffe, ou encore de Charlotte Rampling. J'y pensais comme à des exceptions, tant elles sont nombreuses aujourd'hui les femmes qui cherchent, à tout prix, par tous les moyens (y compris ceux qui les conduisent à des opérations esthétiques de plus en plus répétées, et parfois cruellement défigurantes) à effacer leurs rides, à présenter un visage éternellement lisse, figé dans une perfection idéale, un masque au sourire mesuré. Pourquoi une telle frénésie de gommage et remodelage ? Pourquoi ne pas oser la liberté d'arborer son âge ?

La réponse est du côté d'un des lieux communs les plus anciens et les plus ressassés de la misogynie, selon lequel une femme vieillie est une femme enlaidie. « Après trente ans, note Benjamin Constant, que sert aux femmes leur liberté sinon à offrir ce que personne ne veut » (*Journal*). Depuis, les femmes ont fait des progrès. L'âge de trente ans est depuis longtemps dépassé, et même doublé. Mais cette conquête repose sur une identification à une image décidée de l'extérieur par un regard masculin, par une longue tradition culturelle. Une image qui ne fait qu'un avec la jeunesse. Celle-ci fanée, il ne resterait qu'à lutter contre les stigmates d'un déclin, à reculer une échéance. Au lieu d'aller dans le sens d'une affirmation de soi et de se vivre au jour le jour, dans la pleine expérience de son présent, dans une adhésion à la façon dont les années nous dessinent et redessinent, nous sculptent autrement, nous donnant un corps, un visage qui portent notre personnalité, signifient notre histoire. « Comme un miroir, un visage intelligent a l'âge de ce qu'il reflète », écrit avec justesse Nicolas Bouvier à propos d'un jeune poète iranien de vingt-cinq ans qui tantôt a l'air d'avoir seize ans et tantôt quarante. Scruter ce miroir serait l'occasion pour chaque femme de briser les stéréotypes et d'inventer, au fil du temps, sa propre définition, toujours changeante – et singulière – de la beauté.

Café Nerval

J'ai dans les lieux qui me sont chers des rites d'arrivée. En particulier, à New York. Il y a d'abord l'urgence d'aller évaluer l'état des floraisons, puisque c'est en général au mois d'avril que je reviens visiter « *The Big Apple* ». Ce premier rite implique une visite à Central Park et à Washington Square Park pour voir où en sont jonquilles, tulipes, narcisses, crocus – pour constater les signes de printemps et les encourager à persister. En accomplissant ces visites florales, j'ai toujours une pensée pour Marcel Proust, qui désirait tant être capable de faire le trajet vers la Normandie, vivre l'émerveillement des champs de pommiers en fleur et qui, une fois sur place, à cause de son asthme, était condamné à les contempler à travers la vitre de son automobile. Je n'ai pas à quitter la ville pour assister à cette métamorphose, surtout cette année où l'éclosion est spectaculaire. Le long des rues, dans les parcs, devant les immeubles, cerisiers et poiriers disparaissent sous une abondance de fleurs. Je marche sur des tapis de pétales roses et blancs et, si je lève la tête, c'est à travers leur fine découpe que j'aperçois le ciel. On sent que les boutons n'en pouvaient plus de se tenir tout crispés, dans l'attente de la chaleur et du déploiement de leur beauté. J'en ressens, en sympathie avec eux, une allégresse particulière... J'ai aussi, je l'ai dit, le rite de me précipiter dans mon musée préféré, la somptueuse demeure de la Frick Collection, et de m'attarder devant les feuillages peints par Fragonard, en continuité avec l'éclat de la nature au-dehors. Musée et parc vont ensemble, de sorte que ce qu'il peut y avoir de figé dans un musée s'abolit. Enfin, et c'est ma troisième démarche inaugurale, mais elle m'était jusqu'à aujourd'hui si automatique que j'en étais à peine consciente : aller, au premier jour, prendre mon petit déjeuner au Café Orlin, situé 41 St Mark's Place, dans le cœur de l'East Village.

Mes pas m'y conduisent spontanément. Je vois déjà la terrasse vide à une heure aussi matinale, les marches qui mènent à la grande salle un peu sombre, où une musique de jazz en sourdine renforce l'impression de pénétrer dans une ombre propice. Les plantes vertes, les miroirs, les tables au bois usé par la succession des clients depuis presque quarante ans (une durée d'importance en ce pays) complètent la douceur du lieu. Ma table est près de la vitre, ce qui me permet de regarder passer les gens tout en continuant de rêver, de lire ou d'écrire. Bref, le Café Orlin est idéal : tout en vous offrant l'infinie variété du spectacle du monde, il vous assure un espace d'intimité délimité par une invisible mais infranchissable frontière. Dans son dernier livre, *M Train*, la célèbre chanteuse rock et poétesse Patti Smith, amie du photographe Robert Mapplethorpe, écrit de ses réveils new-yorkais : « En ouvrant les yeux, je me suis levée, suis allée d'un pas chancelant dans la salle de bains où je me suis vivement aspergé le visage d'eau froide. J'ai enfilé mes bottes, nourri les chats, j'ai attrapé mon bonnet et mon vieux manteau noir, et j'ai pris le chemin si souvent emprunté, traversant la large avenue jusqu'au petit café de Bedford Street, dans Greenwich Village. » Le Café 'Ino. *Son* café. Elle va droit à sa table, avale la première gorgée du breuvage amer et brûlant, et savoure le plaisir de se « retirer dans sa propre atmosphère ». Patti Smith aime tant les cafés qu'à un moment de sa vie elle songe à en ouvrir un et va jusqu'à louer un rez-de-chaussée dans l'East Village. Mais elle se contentera, en définitive, de son rêve. « J'y pensais tellement que je pouvais presque y entrer : le Café Nerval, un petit port où des poètes et des voyageurs trouveraient la simplicité d'un abri. »

Ces jours-ci, *M Train* ne me quitte pas. Je l'ai avec moi lorsque j'arrive, pleine d'impatience, devant le Café Orlin. Non ! Ce n'est pas possible ! Le café est fermé d'une grille de fer, couverte de graffitis. Un panneau nous conseille de chercher ailleurs. Comme si les cafés étaient interchangeables, comme si ce subtil tissage grâce auquel un lieu public peut devenir une forme de chez soi sans la monotonie d'un chez soi se reproduisait sur commande. Atterrée, je me mets en quête d'un autre café. Le plus proche : un Starbucks, tout à côté un autre Starbucks, le même, et ainsi de suite, à Saint-Pétersbourg, Hiroshima, Florence, ou Honfleur… J'entre dans n'importe lequel, vais chercher un café au comptoir et reprends Patti Smith. Je me glisse à sa suite dans le Café Nerval, déjà occupé de quelques poètes et voyageurs perdus dans leurs pensées.

À quoi servent les encyclopédies

Il y avait à la maison, dans mon enfance, un livre à couverture rouge, assez usé et posé sur un coin de table où se trouvait aussi le poste de radio. Ce livre était le *Tout En Un. Encyclopédie illustrée des connaissances humaines*. Un gros livre aux illustrations minuscules, en noir et blanc. Il ne devait pas être si gros que ça, mais il me paraissait tel faute de comparaison. Le *Tout En Un* chez moi méritait son titre. S'il était vrai que *Tout* y était, pas besoin d'aller s'encombrer de bouquins supplémentaires ! C'était le point de vue de ma mère. À ses yeux toujours impatients de contempler la nature et surtout le bleu de la mer, le poids des livres comparé aux bienfaits qu'il y avait à en attendre ne faisait pas pencher la balance en leur faveur. Personnellement, j'étais divisée, je voulais les livres *et* le monde. Et, dans les livres, ma préférence allait à cette merveille : le livre de poche.

Des années plus tard, alors que j'étais étudiante à Paris, la question de l'encyclopédie a ressurgi sous une forme différente. Je cherchais du travail, on m'avait proposé de vendre l'*Encyclopædia Britannica*.

Au cours d'un stage, je fus spécialement briefée sur l'article « Chine ». Ensuite, à moi de jouer : réussir, au téléphone, à obtenir un rendez-vous, puis, sur place, achever de convaincre, réaliser une vente. Dès la première phase, avant même d'avoir prononcé la cordiale formule d'approche, je sentais ma voix défaillir. Et lorsque, par miracle, j'obtenais un rendez-vous, je tombais sur des oisifs qui s'ennuyaient, ou des déprimés qui se disaient qu'une petite visite au motif de rallumer chez eux une étincelle de curiosité ne pouvait pas nuire, ou bien encore des obsédés sexuels – ou les trois à la fois. Il ne me restait qu'à fuir à toute allure, malgré le handicap du volume de démonstration dont j'étais chargée.

Cet épisode calamiteux m'a éloignée pour un bon moment de tout contact avec une encyclopédie. Il a fallu que je découvre un jour l'*Encyclopédie* des Lumières, le monumental ouvrage dirigé par Diderot et d'Alembert, puis par Diderot seul, pour que je comprenne la force d'un projet encyclopédique et éprouve un vrai plaisir à me plonger dans ses articles. « Chaque chose, écrit Diderot dans le Prospectus de l'*Encyclopédie*, a son coloris, et ce serait confondre les genres que de les réduire à une certaine uniformité. La pureté du style, la clarté, et la précision sont les seules qualités qui puissent être communes à tous les articles [...]. S'en permettre davantage, ce serait s'exposer à la monotonie et au dégoût qui sont presque inséparables des ouvrages étendus, et que l'extrême variété des matières doit écarter de celui-ci. » Cette aventure de philosophie, d'érudition, d'enquêtes sur le terrain, va durer vingt-cinq ans. Son directeur risquera la Bastille et aura à souffrir des pressions, des trahisons, des fatigues terribles (plus de cinq mille articles sont signés par Diderot). Mais les vingt-huit in-folio finissent par être publiés. Pourquoi ? Parce que l'aventure était portée par un optimisme à toute épreuve, par le sentiment d'être à l'aube d'un monde nouveau, libéré des préjugés populaires, des interdits religieux, des terreurs aveugles. Souscrire à l'*Encyclopédie* était un geste décisif, un choix politique. De telles ambitions, l'ardeur qu'elles suscitèrent, peuvent étonner aujourd'hui où utiliser Wikipédia, unique et universelle banque de connaissances, n'implique aucun engagement passionnel. C'est l'affaire d'une minute à peine. Le savoir ainsi obtenu est plutôt fiable ; sa magie est d'être d'un accès immédiat. Il n'a pas la prétention de changer la vie, encore moins d'être une arme.

La disparition de l'objet encyclopédique de notre horizon quotidien donne un relief particulier à ce fait divers. Il s'est produit l'année dernière, en Amérique, dans une petite ville du Minnesota. Un jeune homme de vingt-deux ans, youtubeur anxieux de faire décoller son audience en tournant une vidéo à coup sûr virale, demande à sa compagne, âgée de dix-neuf ans, enceinte de leur deuxième enfant, et elle-même une star de YouTube, de tirer sur lui. Il dispose deux caméras et se présente face au revolver. Souhaite-t-il mourir ? Nullement ! Pedro Ruiz veut prouver que l'épais livre qu'il tient devant lui, *une encyclopédie*, peut stopper les balles (aurait-il été trompé par un vendeur à bout d'arguments, lequel, faute de pouvoir présenter l'encyclopédie comme une arme, en aurait fait un pare-balles ?). Son amie prend juste le temps de tweeter : « Pedro et moi allons tourner probablement l'une des vidéos les plus dangereuses. C'est SON idée, pas la MIENNE », et tire. Monalisa Perez sera jugée pour homicide involontaire. Elle risque dix ans de prison.

Pour un herbier

Il y a peu de livres que l'on relise régulièrement avec le sentiment non seulement de n'être pas déçu mais en plus de trouver quelque chose de nouveau. *Les Rêveries du promeneur solitaire* de Jean-Jacques Rousseau est de ceux-là. Et, à la veille des vacances, sur le point de pouvoir jouir d'un mois de liberté, sa sagesse prend un relief supplémentaire... Comme chaque année en cette même saison, je suis confrontée à un regain de fièvre d'activité, à l'urgence de terminer les projets en cours, de prendre des décisions en attente, comme si la proximité de la trêve estivale signifiait une *deadline* redoutable. Cette surenchère de travail correspond à une vision des vacances comme fracture dans le courant de l'existence. Elle ajoute une couche de fatigue à celle accumulée au long de l'année. « Je suis épuisé, épuisé, rincé ! crie à la cantonade un monsieur assis à côté de moi au Pavillon du Lac, dans le parc des Buttes-Chaumont, j'attends le 1er août pour m'effondrer, dormir. Voilà tout ce que je souhaite ! Ah ! Excusez-moi, ajoute-t-il pour son interlocuteur silencieux (peut-être mal à l'aise d'être un poids de plus dans une montagne de corvées), j'ai un appel ! » Le monsieur téléphone longuement, le ton impatient, puis revient à son monologue d'homme surmené, surbooké et, par conséquent, important. Quel dommage, me dis-je en contemplant le bleu léger du ciel entre les feuillages, de ne pas s'accorder de pauses pour projeter son été, quelle tristesse de ne pas le désirer aussi riche que possible, telles une harmonie réussie, une utopie réalisée, une île de quiétude et d'apaisement, où s'aboliraient tous les obstacles à un rapport heureux avec soi-même et avec le monde. Cela précisément ce que nous offre Jean-Jacques Rousseau dans son journal de rêveries, une suite de moments parfaits vécus sur l'île de Saint-Pierre, au milieu du lac de Bienne, non loin de Berne. Il ne s'agit pas d'un lieu exotique, ni d'un long séjour, deux mois, septembre et octobre 1765. Un début d'automne où, après les persécutions que lui a attirées la publication de *Émile ou De l'éducation*, sa souffrance d'exclusion se renverse en une pure euphorie : « Quel était donc ce bonheur et en quoi consistait sa jouissance ? Le précieux *far niente* fut la première et la principale de ces jouissances que je voulus savourer dans toute sa douceur, et tout ce que je fis durant mon séjour ne fut en effet que l'occupation délicieuse et nécessaire d'un homme qui s'est dévoué à l'oisiveté. » Protégeant « des visites imprévues et importunes », l'île procure un isolement idéal. « Je m'étais enlacé de moi-même », note Rousseau. Dans cet heureux enlacement de soi à soi, il se livre à des activités innocentes comme de chanter, de se laisser dériver sur une barque, et surtout d'explorer avec minutie la végétation qui l'environne. Vivre dehors.

Fuir les obligations. Ne plus se forcer à rien. « Au lieu de ces tristes paperasses et de toute cette bouquinerie, j'emplissais ma chambre de fleurs et de foin ; car j'étais alors dans ma première ferveur de botanique [...] On dit qu'un Allemand a fait un livre sur un zeste de citron, j'en aurais fait un sur chaque gramen des prés, sur chaque mousse des bois, sur chaque lichen qui tapisse les rochers. » L'herbier de Rousseau, dont on peut toujours admirer des feuilles, conserve la trace de ce passage d'une souffrance à un état de bonheur.

C'est à une autre forme d'exclusion qu'est condamnée Colette dans sa vieillesse, non pas celle du rejet social mais celle de l'immobilité causée par une arthrite de la hanche. Et c'est pour adoucir sa peine qu'un éditeur suisse, M. Mermod, de Lausanne, lui fait cette proposition : « Je vous enverrai une ou deux fois par semaine des fleurs, pendant un an ou davantage. Et lorsque cela vous chantera, vous tracerez le portrait d'une de ces fleurs. Et puis nous en ferons un petit volume. » Colette, ravie, accepte. « Aujourd'hui, écrit-elle, mon morose privilège me vaut, avant tout le monde, un bouquet de jacinthes blanches. C'est elles, dans ce vase vert, qui parfument ma chambre. » Si, d'abord, elle les trouve trop sages, elle se ravise : « Mais, ô ma grosse jacinthe blanche cultivée, ô ma citadine bien en chair, je te sais gré de remplacer ce qui me manque et désormais me manquera : la floraison forestière bleue, spontanée et fragile, innombrable assez pour que j'y puise l'illusion de côtoyer un lac, ou un champ de lin bleu en fleur. » Le petit volume, *Pour un herbier*, est l'exact pendant des *Rêveries du promeneur solitaire*. Comme lui, il nous transporte dans « une occupation délicieuse et nécessaire », dans le temps hors temps de la fascination du détail, de l'étonnement devant la singularité, la sensualité de la nature – le temps de l'enfance, de ses promenades insituables, de ses cueillettes sauvages : celui même que l'on rêve de retrouver en chaque début d'été.

Rue de l'Esprit-des-Bois

Une des premières choses qui m'ont frappée quand j'ai découvert New York est l'absence de noms de rues, remplacés par des chiffres. Ceux-ci, avec leur transparence et leur progression mécanique, rassurent. Et, en effet, pour aller de la Première à la Seconde Avenue, ou de la Quatrième à la Septième Rue, le calcul n'est pas trop compliqué. Étant donné qu'en plus l'espace urbain a été découpé géométriquement, il est quasi impossible de se perdre. Il y a bien quelques noms quand même ? Certes, Broadway (Voie large), ou Speedway (Voie rapide)… On les retrouve dans toutes les agglomérations américaines. Ils sont aussi anonymes et sans valeur symbolique que des chiffres. L'idée de ces rues et de ces avenues numérotées et de ces villes et villages quadrillés implique une population fondée sur l'immigration et répond au souci de faciliter l'adaptation à un pays étranger. Pas besoin de faire l'effort de se rappeler ou d'avoir à prononcer un nom inconnu. Le nouvel arrivant, s'il sait compter, est aussitôt apte à se repérer, sans référence à un passé, le sien, ou celui de la ville. Il peut se dire, comme dans la chanson d'Édith Piaf, sinon qu'il ne regrette rien, qu'en tout cas « il repart à zéro ». Le même choix d'un système numéral, non plus ouvert à une liberté d'indifférence ou d'indifférenciation, mais, à l'inverse, réduisant l'individu à n'être qu'un chiffre, fonctionne dans les prisons et dans les camps.

Un chiffre au lieu d'un nom : ce peut être donc, selon le contexte, une manière de faire place à un vide permettant l'avenir, ou, au contraire, de l'annuler. Il est sûr, en tout cas, que la substitution du chiffre au nom implique une négation du passé. Rien dans la cartographie de New York, dans sa froide planification linéaire, ne révèle l'existence d'une population d'origine. Pratiquement, la suite numérique des rues facilite les premiers pas des pionniers sur une terre à conquérir. Symboliquement, elle renvoie au néant plus de dix mille ans de présence indienne. Le chiffre, en son abstraction, nie l'histoire. Le nom, quel qu'il soit, en contient toujours une, ou plusieurs…

Me promenant ces jours-ci dans les rues de Bordeaux, sous le ciel changeant d'un début d'automne, il m'apparaît avec éclat combien, par contraste avec l'amnésie des espaces américains, la ville fourmille de récits, et nous invite à tout moment à sauter d'un siècle à l'autre, d'un épisode tragique à un détail drôle, de la figure d'un poète à celle d'un homme politique, de la représentation d'un jardin ancien (rue des Lauriers) à celle d'une rivière souterraine (« sous la rue de la Devise est la Devèze »). La merveilleuse diversité des noms de rues, la multiplicité des plaques commémoratives riches en informations, l'entrelacs des courbes, des places, des portes, la possibilité d'émerger de l'impasse de la Merci pour aller et venir à son gré dans la rue du Temps-Passé font de nos trajets autant de voyages imaginaires, d'ébauches romanesques aussi insensibles à la chronologie qu'à une échelle d'importance entre Histoire et historiettes, réel et fantaisie.

Ça me plaît de buter contre un vestige de colonne romaine, pour, plus loin, voir surgir le nom de l'étrange penseur libertaire qu'était Élisée Reclus. À peine ai-je le temps de l'évoquer qu'un guide annonce à l'entrée de la rue des Trois-Conils que ça veut dire « lapin en langue vulgaire » et que trois lapins à l'enseigne d'une auberge signifiaient promesse de se régaler. J'en suis à rêver agapes et feux de bois, lorsque j'aborde la rue du Pas-Saint-George, rue de la maison natale de François Mauriac, né le 11 octobre 1885. Une autre plaque sur la façade nous apprend : « Chemin de Saint-Jacques-de-Compostelle »... Je poursuis donc, sous les ombrages, emportée par une foi qui m'arrache à la fatigue et à la faim, m'aplanit les cailloux du chemin et me fait entendre de chapelles en couvents les saintes voix qui prient pour le salut de mon âme. Or, tout à coup, sans transition, après m'être engouffrée dans la rue Dieu (une plaque, sans explication), je suis embarquée dans le siècle des Lumières en direction de l'Opéra. En ai-je le désir ? L'historienne en moi me pousse à accepter, mais soudain me revient l'image de ce jeune garçon (l'œil vif, sac au dos, un léger accent étranger) qui, il y a quelques années, était venu vers moi et m'avait demandé : « La rue de l'Esprit-des-Bois, s'il vous plaît ? » D'abord surprise, et gênée pour

Montesquieu, j'avais corrigé : « Esprit-des-Lois ? » Il avait dit : « Oui… » J'ai senti que ça ne faisait pour lui aucune différence. Il allait continuer du même pas, à travers bois.

Nos livres de chevet

J'étais impressionnée, et ravie, au Salon du livre de poche de Gradignan (12-14 octobre 2018), par l'affluence du public. Cela dans une chaleur estivale telle que les livres se manipulaient, étaient signés, s'échangeaient sur un fond de mains moites. Cette atmosphère de presse et de sueur produisait une intimité physique particulière avec le papier, et entre les auteurs et le public. Il y avait des fervents de la lecture de tous âges, des parents, eux-mêmes lecteurs, accompagnés de leurs enfants, souvent des adolescents, dont certains aimaient lire, tandis que d'autres se montraient rétifs à cette activité (lire les faisait suer, métaphoriquement du coup). Ils allaient ensemble de stand en stand, regardaient, feuilletaient, commentaient. Les parents-lecteurs dans l'espoir qu'au cours de cette déambulation se déclenche chez leurs enfants non lecteurs ce phénomène mystérieux : le désir de lire. De lire pour le plaisir. Et, associée à ce désir, la chance de pouvoir s'immerger dès les premières phrases d'un texte dans un univers passionnant. Pour qui aime lire, le voyage immobile est là, toujours accessible. La rencontre avec le livre initiateur peut prendre une forme douce et progressive, s'installer dans une durée. Elle peut aussi s'imposer dans l'instant. Patti Smith raconte dans *Just Kids*, récit de sa jeunesse et de sa liaison avec le photographe Robert Mapplethorpe, comment sa découverte de Rimbaud fut pour elle, à seize ans, une révélation. Elle marchait près de la gare routière de Philadelphie et est passée devant l'étal d'un bouquiniste où se trouvait un livre du poète : « Son regard hautain sur la couverture des *Illuminations* accrocha le mien. Il était doté d'une intelligence irrévérencieuse qui m'enflamma, et je l'adoptai comme mon compatriote, mon frère et même mon amant secret. » Comme elle n'a pas les sous pour acheter le livre, elle le vole. La pulsion est irrésistible : ce n'est pas un livre parmi d'autres, c'est celui qui va l'accompagner toute son existence. Un peu plus tard, alors qu'elle travaille dans une usine, les ouvrières la soupçonnent d'être communiste, parce qu'elle lit sans arrêt un petit volume dans une langue étrangère. Il s'agit, on l'a deviné, des *Illuminations*. Elles la violentent pour la forcer à avouer. Patti Smith, indignée, dégoûtée, décide de tout quitter, le South Jersey, la famille, l'usine, et de tenter New York. Elle le fait pour et avec Rimbaud : « Savoir qu'il existait conférait de l'assurance à mon pas et cette assurance-là ne pouvait m'être retirée. Je jetai mon exemplaire des *Illuminations* dans une valise écossaise. On allait s'échapper ensemble. » Les livres fétiches jouent le rôle de révélateurs. Telle une présence amie, ils nous aident à démêler qui nous sommes (pour Patti Smith, pauvre, démunie, sans repères culturels,

Rimbaud la guide vers la création artistique) et nous soutiennent dans les épisodes clefs de l'existence. Ils nous communiquent l'énergie d'un départ, d'un amour, d'un affrontement. Ils nous confortent dans une révolte, nous aident à traverser la solitude.

Dans son récent et très beau livre *L'Autre George. À la rencontre de George Eliot*, Mona Ozouf nous entraîne sur les traces de celle qui est, à ses yeux, non seulement une romancière anglaise du XIXe siècle majeure et méconnue, mais aussi, pour elle, depuis l'âge de quatorze ans, une voix proche. Les premières fois où elle lit George Eliot, la fillette, enchantée par *Le Moulin sur la Floss*, ne cesse de s'inventer des histoires sur fond de rivières et de roseaux, de « vent dans les saules et d'odeur de menthe ». Chaque matin, sur le chemin du collège, elle ajoute un épisode. Cette lecture n'a rien d'un engouement passager. Au fil des années, George Eliot continuera de charmer l'historienne. La saga imaginaire des trajets vers l'école est depuis longtemps terminée, ou restée inachevée. Pourtant, avec *L'Autre George* Mona Ozouf, s'inscrivant contre la critique littéraire sèche et froidement analytique, reprend quelque chose de cette inspiration buissonnière, de ce cheminement vagabond – du plaisir de se mettre à l'écoute d'une conteuse pour, à son tour, propager des histoires. Et nous entrons dans le jeu…

Nos livres ou nos auteurs d'élection ont la particularité de posséder une richesse qui grandit avec nos propres expériences. À propos de *Middlemarch* (autre roman de George Eliot) Mona Ozouf écrit qu'il est devenu un de ses livres de chevet, « un de ceux qui se tiennent à portée de main de l'insomnie et dont les pages s'ouvrent toutes seules sur les mots réparateurs ». Tel est peut-être le secret du charme qui nous lie pour la vie à nos livres fétiches et à nos livres de chevet : qu'ils nous incitent à tout briser ou bien à approfondir un sens de la continuité, ils détiennent les mots qui nous sauvent.

La vie de nos habits

Il y a quelque temps un ami musicien a logé chez moi. Au moment de rentrer dans son pays, il s'est aperçu qu'il avait trop de bagages. Il m'a donc laissé, entre autres, un gros manteau, qui l'avait accompagné au cours de ses multiples tournées. Un manteau encombrant, mais chaudement doublé. Le rêve même de qui est en train de grelotter dans la rue. Dès les premiers froids, j'ai commencé à me mettre en quête de la personne à qui donner le manteau, à observer parmi les SDF, les « sans domicile fixe », de mon quartier celui à qui il pouvait le mieux convenir. Mon ami est très grand, ce qui éliminait pas mal de candidats. J'ai d'abord pensé à un Russe qui « habite » dans le métro. La plupart du temps complètement abruti par l'alcool, mais dès qu'il est en forme il nous régale de magnifiques chants et nous fait voyager sur la Volga. Il m'est sympathique. Je lui ai rendu visite, chargée du manteau. Il était couché, d'humeur grognon. Et m'a fait comprendre qu'il s'en servirait comme couverture. Ce n'était pas mon idée.

Plus tard dans l'hiver, deux ou trois sans-abri se sont installés à l'entrée d'une ancienne agence pour l'emploi. Ils ont établi leur pauvre campement au-dessous de l'inscription MANPOWER. Les lettres blanches encadrent le célèbre dessin de Léonard de Vinci, dit *L'Homme de Vitruve* – une œuvre qui incarne l'idéal de la Renaissance. L'homme au centre du monde, l'homme mesure de toute chose. Ses conquêtes, sa dignité, sa fierté, comme seuls et uniques critères du Bien et du Mal : un programme sans défaut. Mais quand il est annoncé que chez Manpower il existe « une vraie vie alternante » et que « l'alternant est acteur de son développement professionnel », on comprend le choix, ou l'enchaînement de circonstances malheureuses qui peuvent conduire « l'alternant » à décrocher de son développement professionnel et à s'en aller dormir à la belle étoile, ou sous une enseigne célébrant dans le vide le pouvoir de l'homme. Un de ces vagabonds a attiré mon attention. L'air extrêmement concentré et indifférent à la pluie glacée, adossé au mur de l'agence désaffectée et les pieds posés sur sa valise, il lisait. Il semblait tellement plongé dans sa lecture que j'ai hésité à le déranger. Mais lorsqu'il a vu le manteau et surtout après l'avoir essayé, il rayonnait. Le manteau lui allait à la perfection. « Avec le bouquin et le manteau, je suis paré », m'a-t-il dit. Il était vraiment heureux. Et moi aussi.

Quelque chose de la personnalité et de la vie de mon ami musicien s'était déposé là, dans le manteau écossais, les poches profondes, le col relevé contre le vent, les froissements du lainage accordés au repliement du corps sur soi, à sa fatigue, dans la nuit étrangère, après un concert. Son manteau était son compagnon : c'est pourquoi il m'avait été impossible de simplement le jeter. Denis Diderot, dans *Regrets sur ma vieille robe de chambre*, se désole d'avoir troqué sa robe de chambre, usée, mais intime et confortable, pour une neuve, coûteuse, qui ne lui ressemble en rien : « Elle était faite à moi. J'étais fait à elle. » Certes, elle était couverte de taches d'encre, mais « ces longues raies annonçaient le littérateur, l'écrivain, l'homme qui travaille ». Le manteau de mon ami musicien contenait toute une mémoire de son existence ambulante, comme la robe de chambre de Diderot avait partagé avec lui son travail acharné pour l'*Encyclopédie* ou ses fantaisies d'écriture. « Mes amis, gardez vos vieux amis », conclut Diderot. Et si nous devons nous en séparer, alors qu'ils poursuivent sur une trajectoire amicale – aussi douce que possible. Mais il arrive qu'avec nous ils succombent à la violence.

Dans *Le Lambeau*, génial témoignage, leçon de survie et de vie, le journaliste Philippe Lançon, évoquant l'attentat sanglant contre *Charlie Hebdo*, le 7 janvier 2015, écrit des gestes qu'il se rappelle : « Les premiers secours se penchaient sur moi et, à mon grand dam, pour me dégager, découpaient avec d'énormes ciseaux brillants les manches de mon joli caban. J'ai protesté, je ne voulais pas me séparer de lui, je ne voulais pas le perdre… » Un mois plus tard, alors à l'hôpital de la Pitié-Salpêtrière, entre chambre de souffrance et descentes au bloc opératoire, il note : « Le mardi 10 février, Alexis m'apporte le caban jumeau de celui que les pompiers ont découpé aux ciseaux le jour de l'attentat. Je l'essaie lentement avec son aide [...] Pendant une minute, j'ai l'impression d'enfiler le costume de ma vie précédente. » Une cérémonie à la fois « minuscule » et essentielle. Et puis, le caban sera rangé dans une armoire. Il attendra avec patience et confiance le jour où le blessé, au terme de son douloureux chemin de reconstruction, pourra sortir. C'est un nouvel ami. Le double de celui que Philippe Lançon avait vu détruire.

Horizon de lectures

Anonymes, *Véritable Vie privée du Maréchal de Richelieu*, édition d'Élisabeth Porquerol, « Le Promeneur », Gallimard, 1996.

Artaud, Antonin, *Le Théâtre et son double*, in *Œuvres*, édition établie et présentée par Évelyne Grossman, « Quarto », Gallimard, 2004.

Barthes, Roland, *Œuvres complètes*, édition établie et présentée par Éric Marty, 5 volumes, Seuil, 2002.

Bernhard, Thomas, *Extinction. Un effondrement*, traduit de l'allemand par Gilberte Lambrichs, Gallimard, 1990.

Borges, Jorge Luis, *Œuvres complètes*, « Bibliothèque de la Pléiade », Gallimard, 2010.

Bouvier, Nicolas, *Le Vide et le Plein. Carnets du Japon (1964-1970)*, « Folio », Gallimard, 2009.

–, *L'Usage du monde*, dessins de Thierry Vernet, Payot, 1997.

Casanova, Giacomo, *Histoire de ma vie*, édition établie par J.-Ch. Igalens et É. Leborgne, 3 tomes, « Bouquins », Robert Laffont, 2018.

Chateaubriand, François-René de, *Mémoires d'Outre-Tombe*, édition de Jean-Claude Berchet, 4 tomes, Classiques Garnier, 1989-1998.

Colette, *Pour un herbier*, in *Œuvres complètes*, tome III, « Bouquins », Robert Laffont, 1989.

Corbin, Alain, *Le Territoire du vide, L'Occident et le désir de rivage, 1740-1840*, Flammarion, 1990.

Hemingway, Ernest, *Paris est une fête*, traduit de l'américain par Marc Saporta, « Folio », Gallimard, 2013.

Laferrière, Dany, *L'Énigme du retour*, Grasset, 2009.

Lançon, Philippe, *Le Lambeau*, Gallimard, 2018.

Lartigue, Jacques Henri, *Mémoires sans mémoire*, Robert Laffont, 1975.

Mauriac, François, *Œuvres autobiographiques*, édition établie et présentée par François Durand, « Bibliothèque de la Pléiade », Gallimard, 1990.

Morand, Paul, *Bains de mer*, Le Livre de Poche, 1992.

Ozouf, Mona, *L'Autre George. À la rencontre de George Eliot*, Gallimard, 2018.

Palatine (princesse), *Lettres*, édition établie et annotée par Olivier Amiel, « Le Temps retrouvé », Mercure de France, 1986.

Pozzi, Giovanni, *Silence*, traduit de l'italien par François Dupuigrenet-Desroussilles, « Manuels », Payot, 2014.

Pratt, Hugo, Albums *Corto Maltese*, Éditions Casterman.

Proust, Marcel, *À la Recherche du temps perdu*, « Bibliothèque de la Pléiade », Gallimard, 1987-1989.

Queneau, Raymond, *Zazie dans le métro*, « Folio », Gallimard, 2009.

Rousseau, Jean-Jacques, *Les Rêveries du promeneur solitaire*, in *Œuvres complètes*, « Bibliothèque de la Pléiade », Gallimard, 1959.

Rulhière, Claude-Carloman de, *Anecdotes sur le maréchal de Richelieu*, Allia, 1993.

Sade, D. A. F., marquis de, *Lettres écrites de Vincennes et de la Bastille*, *Œuvres complètes*, tomes I et II, Éditions Pauvert, 1967.

Saule, Béatrix, *La journée de Louis XIV : 16 novembre 1700*, Actes Sud, 2003.

Sei, Shônagon, *Notes de chevet*, traduction et commentaires par André Beaujard, Gallimard/Unesco, 2000.

Smith, Patti, *Just Kids*, traduit de l'américain par Héloïse Esquié, Denoël, 2010.

– , *M Train*, traduit de l'américain par Nicolas Richard, « Folio », Gallimard, 2018.

Voltaire, *Mémoires pour servir à la vie de M. de Voltaire écrits par lui-même*, édition présentée et annotée par Jacques Brenner, « Le Temps retrouvé », Mercure de France, 2007.

Crédits

© Éditions Gallimard, coll. « Quarto », 2004, *Le Théâtre et son double*, in *Œuvres* d'Antonin Artaud. – © Éditions Gallimard, 1990, *Extinction. Un effondrement* de Thomas Bernhard, pour la traduction de Gilberte Lambrichs. – © Éditions Gallimard, « Bibliothèque de la Pléiade », 2010, *Œuvres complètes*, tome II, de Jorge Luis Borges, pour la traduction de Paul Bénichou, Sylvia Bénichou-Roubaud, Jean Pierre Bernès, Roger Caillois, René L.-F. Durand, Laure Guille, Nestor Ibarra, Françoise Rosset, Claire Staub et Paul Verdevoye, édition présentée par Jean Pierre Bernès. – © Librairie Droz, 1999, *L'Usage du monde* de Nicolas Bouvier, dessins de Thierry Vernet. – © Gallimard, 2004, *Le Vide et le Plein. Carnets du Japon (1964-1970)* de Nicolas Bouvier. – © Éditions Gallimard, 1952, *Voyage au bout de la nuit* de Louis-Ferdinand Céline. – © Éditions de la Galerie Charpentier, 1943, *Flore et Pomone* de Colette. – © Robert Laffont, coll. « Bouquins », 2004, *Pour un herbier*, in *Œuvres complètes*, tome III, de Colette. – © Flammarion, 2007, *Souvenirs des jours heureux* de Julien Green. – © Éditions Gallimard, 2011, *Paris est une fête* d'Ernest Hemingway, pour la traduction de Marc Saporta. – © Éditions Hazan, 2008, *Les Cent Vues du mont Fuji* d'Hokusai, pour la traduction de Nelly Delay. – © Grasset, 2009, *L'Énigme du retour* de Dany Laferrière. – © Éditions Gallimard, 2018, *Le Lambeau* de Philippe Lançon. – © Robert Laffont, 1975, *Mémoires sans mémoire* de Jacques Henri Lartigue. – © Grasset,

Table

Du même auteur

Chantal Thomas a reçu en 2014 le Grand Prix
de la Société des gens de lettres pour l'ensemble
de son œuvre, le prix Roger-Caillois
de littérature française et,
en 2015, le prix littéraire
de la fondation Prince-Pierre-de-Monaco.

Sade, l'œil de la lettre
essai
Payot, 1978, rééd. sous le titre :
Sade, la dissertation et l'orgie
« Rivages Poche », n° 384, 2002

Casanova
Un voyage libertin
essai
Denoël, « L'Infini », 1985
et « Folio », n° 3125

Don Juan ou Pavlov
Essai sur la communication publicitaire
en collaboration avec Claude Bonnange
essai
Seuil, « La Couleur des idées », 1987
et « Points Essais », n° 218

La Reine scélérate
Marie-Antoinette dans les pamphlets
essai
Seuil, 1989
et « Points Histoire », n° 395

Thomas Bernhard
essai
Seuil, « Les Contemporains », 1990,
rééd. sous le titre :
Thomas Bernhard, le briseur de silence
« Fiction & Cie », 2007

Sade
essai
Seuil, « Écrivains de toujours », 1994

La Vie réelle des petites filles
nouvelles
Gallimard, « Haute Enfance », 1995
et « Folio », n° 5119

Comment supporter sa liberté
essai
Payot, 1998
et « Rivages Poche », n° 297, 2000

La Suite à l'ordinaire prochain
La représentation du monde dans les gazettes
Livre collectif codirigé avec Denis Reynaud
Presses universitaires de Lyon, 1999

Les Adieux à la Reine
roman
Seuil, « Fiction & Cie », 2002
Prix de l'Académie de Versailles, 2002
et « Points », n° P1128
Livraphone, 2003
Prix Femina 2002

Le Régent, entre fable et histoire
livre collectif codirigé avec Denis Reynaud
CNRS Éditions, 2003

La Lectrice-Adjointe
suivi de Marie-Antoinette et le théâtre
théâtre
Mercure de France, 2003

Souffrir
essai
Payot, 2003
et « Rivages Poche », n° 522, 2004

L'Île flottante
nouvelle
Mercure de France, 2004

« Où sont les poupées ? », in Poupées
sous la direction d'Allen S. Weiss
Gallimard, 2004

Le Palais de la reine
théâtre
Actes Sud-Papiers, 2005

Jardinière Arlequin
conversation avec Alain Passard
Mercure de France, 2006

Chemins de sable
conversation avec Claude Plettner
Bayard, 2006
et « Points Essais », n° 596

L'Invention de la catastrophe au XVIIIe siècle
Du châtiment divin au désastre naturel
livre collectif codirigé avec Anne-Marie Mercier-Faivre
Droz, 2008

Cafés de la mémoire
récit
Seuil, « Réflexion », 2008
et « Points », n° P4657
Prix littéraire de la ville d'Arcachon

Le Testament d'Olympe
roman
Seuil, « Fiction & Cie », 2010
Thélème, 2011
et « Points », n° P2674

Dictionnaire des Vies privées (1722-1842)
codirigé avec Olivier Ferret et Anne-Marie Mercier-Faivre
préface de Robert Darnton
Oxford, Voltaire Foundation, 2011

L'Esprit de conversation
Trois salons
essai
Payot, « Rivages Poche », n° 706, 2011

Casanova
La passion de la liberté
codirigé avec Marie-Laure Prévost
Bibliothèque nationale de France/Seuil, 2011

L'Échange des princesses
Seuil, « Fiction & Cie », 2013
Thélème, 2013
et « Points », n° P3327

Un air de liberté
Variations sur l'esprit du XVIIIe siècle
essai
Payot, 2014
Prix de l'Essai de l'Académie française, 2014

Pour Roland Barthes
Seuil, « Fiction & Cie », 2015
« Points Essais », n° 891

Souvenirs de la marée basse
Seuil, « Fiction & Cie », 2017
et « Points », n° P4835

« Sous la surface nue » in Osons la fraternité !
collectif sous la direction de Michel Le Bris
et Patrick Chamoiseau
Éditions Philippe Rey, 2018

East Village Blues
Photos d'Allen S. Weiss
Seuil, « Fiction & Cie », 2019
Prix Le Vaudeville 2019

RÉALISATION : NORD COMPO À VILLENEUVE-D'ASCQ
ACHEVÉ D'IMPRIMER SUR ROTO-PAGE
PAR L'IMPRIMERIE FLOCH, À MAYENNE
DÉPÔT LÉGAL : AVRIL 2020. N° 145174-2 (96320)
IMPRIMÉ EN FRANCE